孤独なゴブリンは王子の愛から逃れたい

櫛野ゆい

幻冬舎ルチル文庫

CONTENTS ✦目次✦

孤独なゴブリンは王子の愛から逃れたい

✦イラスト・石田恵美

✦カバーデザイン＝齊藤陽子（CoCo.Design）

✦ブックデザイン＝まるか工房

孤独なゴブリンは王子の愛から逃れたい

深い森の奥、降り注ぐ木漏れ日が穏やかに流れる小川にキラキラと反射している。

あたたかな春風が運んでくる、ほのかに甘い花の香りに目を細めながら、リュイは大きな木のバケツで小川の水を汲《く》んだ。

「よ、いしょっと」

ぐんと重くなったバケツを両手で持って、すぐ近くの薬草畑まで運ぶ。ふうと息をついて、リュイは柄杓《ひしゃく》で少しずつ丁寧に、薬草の苗に水をかけていった。

「うん、今日もみんな元気だね」

だいぶ大きくなったね、もう少しで花が咲きそうだね、と一株一株に話しかけるリュイの顔は、右半分ほどが緑色をしている。

顔だけでなく、リュイの右半身は手の甲など、あちこちが緑色をしていた。服の下の腕や足もそうで、左半身の真っ白な肌とは対照的に、右半身は緑の斑《まだら》模様になっている。

顔かたちはほとんど人間と同じだが、リュイはところどころが常人とは異なっている。人間にはない、白銀の長い髪。耳は先が尖《とが》っており、唇から覗《のぞ》く犬歯も少し大きい。海のように青い左目と、月のように輝く金色の右目——。

リュイは、人間の父と魔物——、ゴブリンの母から生まれたハーフだ。

二十二歳のリュイは、滅多に人間の立ち入らない森の奥深くにあるこの家で、三年前から一人で暮らしている。

リュイの両親が出会ったのは、二十五年前、魔王が倒されてまだ五年しか経《た》っていない頃だった。

――今から三十年前、この世界は魔王によって混乱に陥っていた。

魔王はその強大な魔力で魔物たちを操り、人間を襲わせており、人間たちは魔物に怯《おび》える日々を送っていた。しかし、世の習いがそうであるように、やがて勇者が現れ、死闘の末に魔王は倒される。

魔王に操られていた魔物たちは皆理性を取り戻し、彼らが元々暮らしていた場所に帰った。勇者は姫と結婚し、世界はようやく落ち着きを取り戻したのだ。

リュイの父と母が出会ったのは、そんな頃だった。医者だった父は、遠方への往診の帰りに森で道に迷い、食料も尽きて行き倒れかけていたところを、たまたま通りかかった母に助けられたのだ。しばらく生活を共にした二人は、いつしか惹《ひ》かれあい、恋に落ちた。

だが、種族の違う二人の恋は、どちらの一族にも認められなかった。人間は魔物に生活を脅《おびや》かされた記憶が色濃く残っており、魔物を嫌悪し、時には攻撃することもあったからだ。互いの一族から追い出された二人は、人が滅多に立ち入らない、森の奥深くで暮らし始めた。そして三年後、リュイが生まれたのだ。

親子水入らずの生活は、穏やかで楽しく、幸せだった。

だがその生活は三年前、リュイが十九歳の時に、唐突に終わりを告げた――。

「おーい、リュイ！」

ふっと目を伏せ、過去に思いを馳《は》せていたリュイだったが、その時、少し離れた丘の方から声が聞こえてくる。

馴染《なじ》みの声にパッと顔を上げたリュイは、立ち上がって大きく手を振った。

「フラム！　おはよう！」

丘の向こうからやって来たのは、ウェアウルフ、いわゆる人狼《じんろう》のフラムだ。

ウェアウルフは、首から下は人間と同じ体つきだが、全身被毛に覆われており、頭は狼《おおかみ》そのものという種族だ。ゴブリンと同じく、三十年前は魔王に操られていたため、人間からは魔物と呼ばれている。

ウェアウルフは人間よりも体格のいい一族で、フラムもまた、筋骨隆々《りゅうりゅう》とした、濃い灰色の被毛に覆われた体躯《たいく》の持ち主である。百七十そこそこと、小柄で細身なリュイとの身長差は六十センチほどあるため、彼はリュイと話す時はいつも身を屈《かが》めてくれている。

フラムとは数年前、森の中で怪我《けが》をしているところに偶然行きあい、手当てをしてあげて以来の付き合いだ。種族は違うものの、リュイにとっては数少ない友達の一人だった。

片手を上げて歩み寄ってきたフラムが、いつも通り身を屈めてリュイに挨拶する。

「よ、おはよ。元気そうだな」

「うん。フラムは釣り？」

肩に担いでいる釣《つ》り竿《ざお》を見やって聞いたリュイに、フラムはニカッと笑って頷《うなず》いた。

「ああ、上流まで行こうと思ってな。リュイもどうだ？」

「うーん、今日はやめとく。鶏小屋の柵《さく》がちょっとガタついてるから、直したいんだ」

「お、じゃあ手伝おうか」

力仕事なら得意だぜ、と言ってくれるフラムに、リュイは笑って首を横に振った。

「ありがとう、でも一人で大丈夫だから」

フラムの申し出はありがたいが、そうたいした修繕ではないし、自分一人でなんとかなるだろう。

そう思って断ったリュイに、フラムが渋面で唸《うな》る。

「またそんなこと言って……。なんでも一人で抱え込むの、よくないぞ、リュイ」

「そんなこと……、痛っ」

そんなことないよ、と皆まで言う前に、フラムが指先でピンッとリュイの鼻を弾《はじ》く。

加減してくれているため、そう痛くはなかったが、驚いて鼻を手で覆ったリュイに、フラムが不満そうに言った。

「そう言ってリュイ、いつも全部一人でやろうとするじゃないか。お袋さんが倒れた時だって……」

フラムの言葉に、リュイは思わず俯《うつむ》いてしまう。

サッと青ざめたリュイを見たフラムが、己の失言を悟り、慌てて謝った。

「……っ、悪い、リュイ！　オレ、そういうつもりじゃなくて……」

「……ううん。僕こそごめん。もう三年も経つのにね」

フラムに悪気がないことは、ちゃんと分かっている。

リュイは力なく苦笑すると、フラムの腕をぽんぽんと軽く叩いた。

――三年前、リュイの母はゴブリン特有の死病を患った。

全身に赤い発疹《ほっしん》ができ、早いと発症から一ヶ月で死に至る、恐ろしい病だった。

実はリュイも子供の頃にこの病に罹《かか》ったことがあったが、その時は運良く特効薬が手に入り、一命を取りとめることができた。しかしその特効薬は、遠方の南国でしか採れない、ラハナという貴重な薬草の花弁を煎《せん》じたもので、この辺りでは滅多に出回らない。あったとしても実を砕いた粉薬で、こちらは人間にも効く解毒薬だが、母が罹った死病を治す効果はなかった。

母が倒れてすぐ、父はどうにかしてラハナの花を手に入れようと方々駆け回ったが、どうしても見つからなかった。思い悩んだ末、父は免疫があるリュイに母の看病を託し、ラハナの花弁を手に入れるために旅立った。

しかし、ほどなくして母は病状が悪化し、亡くなってしまった。

それから三年間、リュイはずっとこの家で、父の帰りを待ち続けている――。

「……なあ、リュイ」

黙り込んだリュイに、フラムがそっと声をかけてくる。

「前も言ったけど、リュイなら、いつうちの里に移り住んでくれてもいいんだからな」

「フラム……」

「皆、リュイなら大歓迎だって言ってくれてるしさ。あんまり大きな家は用意してやれないかもしれないけど、でも、ここに一人でいるよりきっと寂しくないと思うぞ」

三年前、一緒に母を看取ってくれたフラムは、それからずっとリュイのことを心配してくれている。一人じゃ大変だろうと、こうして数日おきに様子を見に来てくれるだけでなく、ウェアウルフの里に移り住まないかと何度も誘ってくれていた。

リュイもフラムの仲間が暮らすウェアウルフの里には何度も遊びに行っており、彼の一族のことも、家族のことも大好きだ。

だが――。

「……ありがとう、フラム。そう言ってくれて、すごく嬉《うれ》しい。でももう少しだけ、ここで父さんを待っていたいんだ」

フラムの誘いは、本当にありがたい。

けれど、母を失ったリュイにとって、残された家族はもう父だけだ。そう簡単に、待つのをやめるわけにはいかない。

自分がここを引き払ったら、父の帰る場所がなくなってしまうのだから。

「リュイ……。……ん、分かった」

以前と変わらないリュイの返答に、フラムが頷く。

「でも、気が変わったらいつでも言ってくれよ。それに、そんなの抜きにして、いつでも遊びに来てくれ。妹たちも、リュイは次いつ来るのって毎日うるさいしさ」

「あはは、分かった。じゃあ近いうちに遊びに行くね」

ウェアウルフは家族愛が深く、同族を大切にする一族で、フラムもまた、年の離れた弟妹たちをとても可愛がっている。

遊びに行くといつも大歓迎してくれる彼の家族を思い出し、口元をほころばせたリュイに、ん、と満足気にフラムが頷いて言った。

「じゃあ、また来る。……と、そうだ」
二、三歩進んだところで、フラムが思い出したように足をとめる。腰に下げていた袋をごそごそ漁《あさ》った彼は、取り出した緑色の果実をリュイに差し出してきた。
「これ、この間もらった野苺《のいちご》のジャムのお礼な。あれすごく美味《うま》かった！　……ま、ほとんど妹たちに横取りされたけど」

ぼやくフラムにくすくす笑って、リュイは両手でその大きな果実を受け取る。

「じゃあ、今度はこのギィでジャムを作ってみるよ。僕にはちょっと酸っぱすぎるし」

ギィというこの果実は、ライムを大きくしたような果物で、その実はとても酸味が強い。ウェアウルフの里の近くにたくさん生《な》っていて、フラムたちはこの実を毎日のように食べているらしい。リュイもフラムから度々もらっていたが、いつも果汁を絞って少しずつ使っていた。

果肉と一緒に皮も煮込めば、きっと美味《おい》しいマーマレードができるだろうと思ったリュイに、フラムが快活に笑って言う。

「オレの一族は、この酸っぱさがたまらんって奴ばっかりなんだけどな。でも、ジャムはジャムで楽しみだから、今度もっとたくさん持ってくるな！」

「うん、あ、でもほどほどにね」

フラムの『たくさん』は、時々びっくりするくらいたくさんなことがあるので、先に釘《くぎ》を刺しておかなければ大変なことになってしまう。

慌てて言い添えたリュイに、分かってるって、とニカッと笑って、フラムは上流へと去っていった。

「本当に分かってるかなあ……。まあ、いっぱい持ってきちゃったら、それはそれでたくさんジャム作ればいいか」

美味しいものができたら、きっとまたフラムの弟妹たちが喜んで食べてくれるだろう。

釣り竿を担いでのっしのっしと去っていく大きな背中を苦笑しながら見送って、リュイは一度家の中に戻った。もらったギィをテーブルの上に置き、ロープを手に鶏小屋へと向かう。

「さてと、枝は、と……」

鶏小屋の横には、新しく柵を作るために集めておいた手頃な太さの枝が積んである。小屋の前の広い場所にそれを運んだリュイは、バケツをひっくり返して座り込んだ。

鉈《なた》で長さを揃《そろ》えつつ枝をロープで結んでいると、作業をしているリュイが珍しいのか、なんだなんだと鶏たちが近寄ってくる。

「君たちの柵を作ってるんだよ。危ないからあっち行っててね」

コッコッと鳴きながら手元を覗き込んでくる鶏たちをあしらいつつ、リュイは慣れた手つきで柵を作っていった。

（鶏小屋の柵はそんなに大がかりじゃないからいいけど、ヤギ小屋はそろそろ建て直した方がいいよなあ）

建て直しとなると、さすがに一人では大変だ。フラムもああ言ってくれていたし、今度相談してみようかと思いながら、リュイは完成した柵を修繕箇所にあてがってみた。

――しかし。

「うわ、ちょっと足りなかったか……」

どうやら目算が甘かったらしく、少しだけ柵の長さが足りない。ロープは余っているので、枝があと二、三本あればちょうどよさそうだった。

「……しょうがない。採りに行かないと」

まだ昼食には時間があるし、二、三本ならそう遠くまで行かなくても手頃なものが見つかるだろう。

リュイは作りかけの柵を小屋の隅に片づけると、ついでになにか見つかったら採ってこようと麻袋をベルトに挟み、森へと向かった。

（この時期は薬草も多いし、食材にも困らないから嬉しいな）

緑芽吹く春は、野草や果物などが森のそこかしこで採れる。

リュイは獣道を進みつつ、途中で見つけた野苺や薬草などを麻袋に入れていった。

（この花がここに咲いてるってことは、近くにあの薬草が……、……あった）

リュイのこの森に関する知識は、すべて両親から教わったものだ。

リュイが幼い頃から、両親はこの森を一緒に歩き回り、様々なことを教えてくれた。

獣の痕跡の見つけ方、どんな獣がいつ通ったのか、森の中に潜む危険などを教えてくれた母と、どの薬草がどんな症状に効くのか、採取時期と栽培方法などを教えてくれた父。

どの植物が食べられて、どの植物が危険か。どんな調理方法が合うか、どうすれば保存食になるか。

二人はこの森のことをなんでも知っていて、いつもとても仲がよかった。ケンカしているところなど一度も見たことがなかったし、毎日愛情と感謝を伝え合い、リュイのこともしょっちゅう、私たちの宝物だと言ってくれていた。

穏やかで、優しくて、大好きな両親だった。

いつまでもずっと、三人で幸せに暮らせると思っていた——。

（……母さんが亡くなったって知ったら、父さん、すごく悲しむだろうな）

茂みをかき分けつつ、リュイはそっと目を伏せた。

母が病に倒れた時の父を思い出すと、今でも胸が痛む。

どうにかして母を救おうと、毎日近隣の町や村を巡り、必死に特効薬を探していた父。それでもどうしても手に入らなくて、仕方なく旅立つことにしたあの日、父は長い間母の手を握って、ずっと祈りを捧げていた。

どうか、自分が戻ってくるまで持ちこたえてくれ。どうか——、と。

そして、母さんを頼むとリュイに託して、父は旅立ったのだ。

（それなのに、僕は母さんを救えなかった。父さんに頼まれていたのに、結局母さんを死なせてしまった……）

自分の不甲斐《ふがい》なさを悔やまずにはいられなくて、リュイは唇を引き結んだ。

こんなことなら、自分が薬草を探しに行けばよかった。

母が患ったのはゴブリン特有の病とはいえ、父は自分よりずっと看病の心得がある。もしあの時、父が母のそばに残っていたら、母は持ちこたえていたのではないだろうか。

母が亡くなったのは、自分の看病の仕方が悪かったせいではないだろうか。

（……それに、父さんだって……）

リュイの後悔は、母のことばかりではない。

フラムにはああ言ったけれど、もしかしたら、という思いは日に日に強くなっている。

いくら遠方とはいえ、三年も帰ってこないどころか、なんの音沙汰《おとさた》もないなど、父の身になにかあったとしか考えられない。

もしかしたらもう、父は帰ってこないのではないか。

もしかしたらもう、母と同じ場所に行ってしまっているのではないか——。

（……僕が、薬草を採りに行っていれば）

三年前に父が旅立つ時、自分が行った方がいいのではと思いながらも、リュイはそれを父に言い出せなかった。

ゴブリンと人間のハーフである自分は、きっと人間たちに忌避される。旅に出たところで、薬草を譲ってもらうどころか、行く先々で追い出されてしまうかもしれないとそう思ったら、怖くて言えなかったのだ。

でも、二人を失うくらいなら、自分が行けばよかった。

一人ぼっちになることの方が、よっぽどつらくて怖い——。

（もしこのまま、父さんが戻って来なかったら……）

もしそんなことになったら自分は、と不安にぐっと拳《こぶし》を握りしめたリュイだったが、その時、少し離れた茂みの奥から、聞き慣れない音が聞こえてくる。

ガシャンと鳴る金属音と、荒い呼吸の気配に、リュイはサッと顔つきを変え、近くの木の陰に身を隠した。

(……っ、まさか、人間？ どうしてこんなところに……)

この森は、人間の暮らす町や村からは少し離れているものの、獣や果実など森の恵みが豊富で、それらを求めてやってくる者も時折いる。しかし、こんな森の奥深くまで人間が立ち入ることはまずない。

一体どうして、と息を潜めたリュイだったが、足音はどんどんこちらに近づいてくる。

(どうしよう……、今のうちに逃げた方がいいかな……)

迷いつつも、滅多に見かけることのない人間への好奇心にドキドキと鼓動が速まる。

こんなところに来るなんて、どういう人間だろう。せっかくだから、少しだけでも人間の姿を見てみたい――。

(少しだけ……、ちょっとだけ様子を見て、気づかれないうちにすぐ逃げよう)

万が一、家の方に来そうだったら困るしと思いつつ、そっと木の陰から様子を窺《うかが》って――、リュイは思わず大きく目を瞠《みは》った。

――そこにいたのは、立派な甲冑《かっちゅう》を身にまとった大柄な男だった。腰には幅広の剣を下げており、真っ赤なマントを羽織っている。

（あれってもしかして……、騎士？）

確か、父の蔵書の中に、同じような格好をした人間の挿し絵があった。騎士という、王に仕える兵士で、悪者と戦ったり、お姫様と恋に落ちたりするお話をわくわくしながら読んだ覚えがある。

（あれが、騎士……）

初めて見る騎士に、リュイはついじっと見入ってしまう。

重そうな甲冑姿のその騎士は、リュイより頭一つ分ほど背が高かった。すらりとした美丈夫で、蜂蜜《はちみつ》色の髪が木漏れ日に煌《きら》めいている。

スッと筋の通った高い鼻に形のいい唇と、彫りの深い整った顔立ちをしているが、何故《なぜ》か両目を閉じたまま歩いている。どうやら腕を怪我している様子で、だらんと垂れた片腕からは血が滴《したた》っていた。耳を澄ますと聞こえてくる呼吸も、浅く乱れているようだった。

彼はもう片方の手で、傍らにつき従う黒馬の手綱《たづな》を握りしめていた。どうやらあの馬が、彼をこの森の奥へと導いたらしい。

（小川に向かってる……。あの子が水の音に気づいて、主人を連れていこうとしてるのか）

どうやら黒馬は脚を負傷しているようで、後ろ脚を少し引きずっている。よく見れば、その太腿《ふともも》には矢が突き刺さったままだった。

あんな状態でパニックも起こさず、こんなに細くて周囲の見通しも悪い獣道を、主人を助けようと進んでくるなんて、よほど主人思いで賢い馬なのだろう。

と、その時、ゆっくり歩いていた黒馬が、ブルル、と鼻を鳴らして足をとめる。気づいた男も歩みをとめ、口を開いた。

「ん……、どうした、ラムタラ」

異国風の名前を紡《つむ》いだその声は、やや緊張気味ではあったものの、穏やかで低い、やわらかな音色をしていた。

「なにかあったか？ ……っ、やはりなにも見えないな……」

黒馬の首筋を撫《な》でた男が、目元を擦《こす》って辺りを見回そうとする。

咄嗟《とっさ》に身を隠そうとしたリュイはしかし、男の青い目の周りにキラリと光る赤い粉に気づいて、思わず飛び出していた。

「……っ、擦っちゃ駄目です！」

「っ、誰だ！」

誰何《すいか》の声を上げた男が、すかさず剣を抜き、リュイの方へと体を向ける。

たった一声上げただけにもかかわらず、正確にこちらへ切っ先を向けた男に驚きつつ、リュイは震える足で必死にその場に踏みとどまった。

「あ……、あなたの目の周りについているそれは、ロシェの花粉です……！ 大量に目に入

れば、失明します！」

「な……」

「だから、擦っちゃ駄目です！　早く洗い流さないと……！」

リュイの言葉に、男がぴたりと動きをとめる。おそらく見えていないのだろう、美しい青い目を必死に凝らしながら、男は戸惑いの滲《にじ》む声で問いかけてきた。

「……君は誰だ？　ここでなにをしている？」

「僕は、リュイと言います。……この森に住む者です」

迷いつつも、リュイは正直に答えた。

怪我をしていることといい、周囲を警戒していることといい、どうやらこの騎士は誰かに追われているらしい。

殺気立った雰囲気も、突きつけられた剣も怖くてたまらないが、怪我人を見過ごすことはできない。

リュイはぐっと恐怖を堪《こら》えると、男を見据えて言った。

「僕はあなたに危害を加えるつもりはありません。小川まで案内しますから、剣を納めて、目を閉じて下さい」

「………」

リュイの言葉に、男が黙り込む。

ややあって、男は一つため息をつくと、剣を鞘《さや》に納めて目を閉じた。

「……すまない、世話になる。私はレオン。こっちはラムタラだ」

レオンに首筋をぽんぽんと軽く叩かれた黒馬が、ブルルと鼻を鳴らす。よろしく、とラムタラに挨拶すると、リュイはその手綱を握った。

「僕がこの子を引いて行きますから、ついて来て下さい。花粉を小川で洗い流して、その後、僕の家に行きましょう。その怪我も手当てしないと……」

「ああ、ありがとう、リュイ」

頷いたレオンが、ラムタラの手綱を握ってほっと息をつく。

「君に出会えて、助かった。しかし、こんなところに人間が住んでいるとは……」

「…………」

レオンの言葉に、リュイは心の中で呟《つぶや》いた。

（……人間じゃ、ない）

喉元まで出かかった言葉を呑《の》み込んで、リュイは行きましょう、とだけ返事をする。

賢く優しい黒馬だけが、俯いたリュイのぎこちない横顔を見つめていた――。

それは、十五年前。

リュイが七歳の時のことだった。

「わ……」

その日、両親に黙ってこっそり森を抜け出したリュイは、人間の村の近くにある丘の上に登っていた。

眼下に広がる農村は、ちょうど祭りの真っ最中で、人々は皆、村の中心にある広場に集まっている。色とりどりの布や花で飾られたその広場からは、人々の陽気な笑い声と軽快な音楽が聞こえてきていた。

「あれが、お祭り……」

初めて見る村、初めて見る祭りの様子に、ドキドキと胸が高鳴る。

互いに手を取り合い、楽しそうに踊る人々を、丘の上に一本立った大木の陰からそっと見つめて、リュイはマントの胸元をぎゅっと握りしめた。

——リュイに祭りのことを教えてくれたのは、父のところにいつも薬草を買いつけに来る商人だった。

彼の話では、祭りにはたくさんの人々が集まり、大道芸や歌などが披露され、様々な料理が振る舞われるらしい。

この日ばかりは皆新しい服に袖を通し、大人も子供も皆楽しく朝まで踊り明かすと聞いて、リュイはその祭りというものをどうしても一目見たくなってしまったのだ。

（村って、あんなにたくさんの人間が暮らしているんだ……）

これまでずっと森の奥で両親と三人暮らしをしてきたリュイは、森を出るのも、あんなにたくさんの人間を見るのも初めてだ。

歌い踊り、笑い合う人々はいかにも楽しそうで、こちらまでウキウキしてしまう。

（もっと近くで見たい、けど……）

ここまで来て躊躇《ちゅうちょ》してしまうのは、いつも両親から村には近づいてはいけないと言われているからだ。

両親はいつもリュイに、一人で森を出てはいけないと言う。

危ないから、村や人間に近づいてはいけないよ、と。

（でも、なんでなんだろう？　お父さんのところに来る商人さんたちは、皆優しいのに）

どうして商人とは話してもよくて、村人たちとは話してはいけないのか。

どうして森を出たら危ないのか。

リュイが聞いても、両親は、リュイがもう少し大きくなったら教えると言うばかりで、疑問に答えてはくれない。

リュイは動物以外の友達が、自分と同じように話したり、遊んだりしてくれる友達が欲しいのに――。

「……あんなに楽しそうにしてるんだから、僕も入れてって言えば、きっと一緒に踊ってくれる」

キャハハ、と聞こえてくる子供たちの声に我慢ができなくなって、リュイは小走りに丘を降りた。村へと続く道を、弾む心のままに駆ける。

（最初に自己紹介して、友達になってくれないか聞いて、それで……）

今まで何度も夢見てきた瞬間を思い描いて、リュイは村へと足を踏み入れた。賑《にぎ》やかな広場へと、ドキドキしながら近づく。

漂ってくる料理のいい匂い、楽しそうな音楽と人々の笑い声にウキウキしながら人だかりに歩み寄ったリュイは、輪の一番外側に立っていた親子にそっと、声をかけた。

「あの……」

――だが。

「はい……、っ、魔物⁉」

にこやかにこちらを振り返った母親は、リュイを見るなり顔を強《こわ》ばらせ、慌てて子供を抱き上げる。戸惑うリュイを怯えたように見据えながら、母親が叫んだ。

「魔物よ！　魔物が出たわ！」

「え……」

なにが起きたか分からず困惑するリュイだが、母親の叫びが響き渡った途端、人々の笑い声がぴたりとやみ、音楽もとまってしまう。周囲の人たちが、こちらを見るなりサッと後ずさるのを見て、リュイは混乱してしまった。

「あ……、あの……」

「ひ……っ、近づくな！」

二、三歩前に出ただけで、近くの人々が青ざめ、我先にと逃げ出す。

(怖がられてる……？　どうして……)

戸惑うリュイを、人だかりの向こうから現れた町の男たちが睨《にら》みつけてくる。

「なんだ、こいつ。人間みたいだな」

「どうせ魔法で擬態してるんだろう。それにしては半分緑色で隠しきれてないがな」

「人間に化けて村を襲う気だったのか？　わざわざ祭りの時を狙ってくるなんて、ふてぶてしい奴め……！」

(襲うって……、……僕が？)

次々にぶつけられる敵意に頭が真っ白になってしまって、声がうまく出てこない。

一気に冷たく強ばった指先をぎゅっと握りしめて、リュイはどうにか首を横に振った。

「ち……、違います。僕は……」

「誤魔化《ごまか》そうとしても無駄だ！　さっさと村から出ていけ！」

「誰か、剣を持ってこい！　力ずくで追い出してやる！」

「……っ！」

どんどん剣呑《けんのん》になる気配に、リュイは咄嗟に身を翻《ひるがえ》して駆け出した。

「あっ、逃げたぞ！　追え！」

「あっちへ行け、魔物め！」

（なんで……、どうして……！）

混乱と恐怖とでぐちゃぐちゃになりながら、リュイは必死に丘を駆け上る。

まさかこんなことになるなんて思ってもみなくて、怖くて怖くてたまらない。ちらっと振り返った背後にはもう村人の姿はなかったが、それでも恐怖が拭《ぬぐ》えなくて、リュイは森まで走って逃げ帰った。

獣道もなにも無視して茂みを突っ切り、木々で腕や頬が傷つくのも構わず家へと走る。

「リュイ！」

おそらく姿の見えないリュイを探していたのだろう、家の前にいた両親が、リュイに気づいてほっと安堵《あんど》の表情を浮かべる。

「よかった、心配していたのよ」

「一体どこに行って……、リュイ？」

そろって出迎えてくれた両親の顔を見るなり、リュイは込み上げてきた感情を堪えきれずその場で泣き崩れた。

「ふ……っ、うっ、うぅう……！」

「どうしたんだ、リュイ」

「なにがあったの？」

驚いたように顔を見合わせた両親が、ぎゅっとリュイを抱きしめてくれる。あたたかな腕の中でしゃくり上げながら、リュイは大好きな両親にすがりついて言った。

「僕……っ、僕のこと、魔物だって……。皆が、あっちへ行けって……」

「……村へ行ったのか」

リュイの一言で大体の状況を察したのだろう。サッと顔つきを変えた両親に、リュイは謝った。

「っ、ごめんなさい……っ、僕、どうしても友達が、欲しくて……っ」

「リュイ……」

「言いつけ破って、ごめんなさ……っ」

謝るうちにまた悲しみが込み上げてきて、涙がとまらなくなる。ぼろぼろと熱い涙を零《こぼ》すリュイを抱きしめて、両親がつらそうな声で言った。

「リュイ……、リュイ、そんなに泣かないで。ちゃんと言わなかった私たちも悪いんだから」

「……つらかったな、リュイ。こんなに傷だらけになって……。早く手当てしよう」

すぐ治るからな、と優しい声で言った父が、リュイの頭を撫でて言う。

「つらい思いをさせてすまなかった、リュイ。だがどうか、人間が皆お前の敵だとは思わないでくれ」

「ええ。あなたのことを理解してくれる人間は、必ずいる。魔物も人間も、本当は敵同士じゃない。あなた自身が、その証《あかし》なのよ」

「……うん」

懸命に告げる両親に、リュイはぐっと言葉を呑み込んでどうにか頷いた。

本当は、どうしてと問いただしたい。

両親には、いずれこうなることが分かっていたはずだ。

人間と魔物のハーフなんて、きっと人間からも魔物からも受け入れられない。

そうと分かっていて、どうして自分を産んだのか。

苦しむことが、つらい思いをすることが分かっていて、どうして自分を育てたのか。

けれど、そんなことを口にすれば、両親を傷つけてしまう。

大好きな両親を、悲しませたくない——。

「……勝手に森を抜け出して、ごめんなさい」

リュイは必死に衝動を堪えると、涙を拭って立ち上がった。

(僕はもう、二度とここから出ない。お父さんとお母さんがいれば、それでいい)

自分を見るなり恐怖に顔を強ばらせた人々の姿を懸命に脳裏から追い出して、リュイはとぽとぽと歩き出す。

十数年後、一人きりになるとは夢にも思わないまま——。


ふわりと輝いたリュイの手のひらから、光の粒子が降り注ぐ。

苦しそうに目を閉じていたレオンの表情が、ふっとやわらいだのを見て、リュイはそっと手を引っ込めた。

(これで、少しは楽になるといいけど……)

魔物とのハーフであるリュイは少しの魔法なら使えるが、あまり得意ではない。怪我をした動物に使う治癒の魔法と、家の周辺に定期的にかけている、人避《ひとよ》けのための目くらましの魔法以外は、ほとんど使ったことがなかった。

(……よく寝てる)

先ほどより穏やかになったレオンの寝息に、二重の意味でほっとする。

訓練を積んだ魔術師以外、人間は魔法を使えない。魔法を使えることを知られたら、自分が魔物の血を引いていると気づかれてしまうかもしれない。

(本当は怪我も魔法で治癒してあげたいけど……、急に傷が治っていたら、不審がられるか

もしれない)

熱を下げることくらいしかできなくてごめんなさい、と内心で謝りつつ、リュイは眠るレオンの横顔を見つめ続けた。

――リュイが森で出会った騎士を自分の家に案内して、数時間が経った。

家に着いてすぐレオンの怪我の手当てをしようとしたリュイだったが、彼は先にラムタラの手当てをしてくれとリュイに頼み込んできた。少し迷ったが、確かにラムタラの怪我も気になっていたため、リュイはレオンの言葉に従って、先に彼の愛馬の手当てをすることにした。

賢い黒馬は、刺さっている矢を抜く時に一声鳴いた以外はとても大人しく、リュイの治療を我慢強くじっと受け入れてくれた。いい子だね、君のご主人の手当てをしてくるね、と言い聞かせ、ラムタラをヤギ小屋に繋《つな》いで戻ってくると、疲れと怪我による発熱のためか、レオンは鎧《よろい》姿で眠り込んでいた。

どうにか鎧を脱がせ、大柄の彼を四苦八苦しながらベッドに運んで手当てをしたが、その間もレオンはずっと目を覚まさなかった。

高熱にうなされている様子だったので、正体に気づかれたらどうしようと思いつつも治癒の魔法をかけたが、幸いレオンは眠り続けているようだ。

(……綺麗《きれい》な人だな)

すうすうと穏やかな寝息を立てるレオンを眺めて、リュイは内心感嘆のため息をついた。七歳のあの日以来、リュイはこの森から一歩も出ていない。父の元に来る商人たちと接する機会はあったが、商人たちは大半がリュイよりだいぶ年上の人ばかりで、リュイと年齢が近い人間はレオンが初めてだった。

(二十五歳だって言ってた……。僕より三つ上……)

窓から差し込む茜色《あかねいろ》の夕日が、枕に散った薄い金色の髪を艶々《つやつや》と照らしている。彫りの深い整った顔立ちをしばらく眺めてから、リュイは枕元に置いておいた香草の入った水桶で、ぎゅっと布を絞った。

「……体、拭きますね」

そっと声をかけて布団をめくると、ところどころに包帯の巻かれた裸の上半身が現れる。手当ての際に脱いでもらった時はそれどころではなかったが、改めて見ると鍛え上げられた逞《たくま》しい体だ。

(これだけ立派な体格なら、あんなに重い甲冑を着て歩けるのも納得だな……)

先ほど、彼が身につけていた甲冑を拭いて部屋の端に寄せておこうとしたリュイだが、一つ一つが重くて、特に胴鎧などは持ち上げるだけでひと苦労だった。

(騎士ってすごいな……。それとも、レオンさんがすごいのかな)

自分とは厚みも大きさもまるで違う、隆々とした体を布で丁寧に拭きながら、リュイは包帯がゆるんでいないか確認していった。

（……こんな怪我をするなんて、なにかあったのかな）

手当ての時は詳しい話まで聞けなかったが、まさか近くで争いがあったのだろうか。もしそうだとしたら、この森にレオン以外の騎士や兵士が迷い込んでくる可能性があるかもしれない。

（もし、たくさんの人間がここになだれ込んできて、僕のことを知ったら……）

リュイの脳裏に、十五年前の村人たちが思い浮かぶ。

『さっさと村から出ていけ！』

『あっちへ行け、魔物め！』

「……っ」

今でも鮮明に覚えている、自分を追い立てるあの声。

もしここに人間が押し寄せてきたら、自分はあの時のように追いやられてしまうのではないだろうか。

ここを追い出されたら、行くところなんてないのに――。

「ん……」

と、その時、身動《みじろ》ぎしたレオンが小さく声を上げる。慌てて彼の体を拭く手を引っ込めたリュイの前で、レオンがゆっくりと目を開けて唸《うな》った。

「……？　夜……？」

まだ視力が回復していないため、彼の目には光が届いていないのだろう。息を潜めていたリュイは、レオンを驚かせないよう、そっと声をかけた。

「……あの」

「っ！　……!?　……ああ」

反射的に身を守ろうとしたのか、素早く身を起こして腰に手をやったレオンが、そこに剣がないことに気づいて一瞬たじろいだ後、ハッとした表情になる。

「そうだ、私は森で……。確か、君は……」

「リュイです。すみません、驚かせて」

謝ったリュイに頭を振って、レオンが詫《わ》びる。

「いや、こちらこそすまない。……もしや私は、まだ目が見えていないんだろうか」

だんだんと眠る前の自分の状況を思い出してきたのだろう。表情を曇らせるレオンに、リュイは頷いた。

「はい、ロシェの花粉が目に入ると、しばらく光を感じることができなくなるそうなんです。最悪の場合は失明してしまうこともありますが、ちゃんと治療すれば一ヶ月くらいでよくなるはずです」

花粉が大量に目に入ってしまったり、すぐに洗い流さなかった場合には回復が難しいが、レオンはあの後すぐに小川で目を洗ったから、そこまで危惧しなくても大丈夫だろう。

今は夕方です、と告げたリュイに、レオンは眉間に皺《しわ》を寄せて唸った。

「真っ暗で、まるで夜みたいだ。これが一ヶ月か……」

失明しないで済んでよかったが、と嘆息したレオンが、リュイに礼を言う。

「助けてくれてありがとう、リュイ。それで、ラムタラ……、私の馬は無事だろうか。怪我の具合は……？」

「はい、無事ですよ。脚に矢が刺さっていたので、抜いて手当てをしました。今は小屋で休ませてます」

リュイの言葉に、レオンがほっとした表情で目を閉じる。

「そうか、よかった。彼は私の親友なんだ。馬が親友なんて変だと思うかもしれないが」

「いいえ、そんなことないです。僕も昔から、動物が友達ですから」

ずっと森の奥で育ったリュイにとって、時折エサをねだりにくる小動物たちは大切な友達だった。騎士にとって馬はとても大事な存在だと本の中にも書いてあったし、レオンの気持ちはよく分かる。

そうか、と表情をやわらげたレオンに、リュイは少し躊躇《ためら》いながらも言った。

「……あの、よかったら今夜はこちらに泊まっていって下さい。もうすぐ夜ですし、それに目薬を調合するのに時間がかかりますから」

なによりも先に愛馬の心配をする彼は悪い人ではなさそうだが、それでも知り合ったばかりの、しかも人間の彼を家に泊めるのは、少し迷いがある。

今はリュイのことを人間だと思っている様子だから特に敵意も向けてこないが、もしリュイが魔物とのハーフだと分かれば、なにか危害を加えられるかもしれない。

だが、こんな状態の彼を追い出すわけにもいかない。一晩泊めて、明日の朝、森の出口まで送り届けようと思ったリュイに、レオンが深々と頭を下げる。

「ありがとう、リュイ。なにからなにまですまない。ラムタラのこともだが、君がいなければ、私は今頃どうなっていたか分からない。君は命の恩人だ」

「い、いえ、そこまでは……」

感謝してくれるのは嬉しいが、命の恩人は言い過ぎではないだろうか。そこまで恩に感じてくれなくても、と思ったリュイだったが、レオンは頭を振って言う。

「いや、こんな状態で森を彷徨《さまよ》い歩いていたら、悪くすれば失明どころか命を落としていたかもしれない。助けてくれて本当にありがとう、リュイ」

「……っ、分かりましたから、もう……！　もう頭を上げて下さい……！」

またもや深々と頭を下げるレオンを、リュイはおろおろと制した。ここまで誰かから感謝されたことなんて初めてで、どう受けとめていいか分からない。

ほとんど悲鳴みたいな声を上げたリュイに、レオンは苦笑混じりに微笑《ほほえ》んで言った。

「君は不思議な人だな、リュイ。ここには一人で住んでいるのか？　医者なんだろう？」

先ほど目薬を調合すると言ったから、そう思ったのだろう。リュイは少し迷いながらも、当たり障りのない部分を答えた。

「……僕は医者ではありません。父が医者で、色々教えてくれたんです。ここには両親と一緒に住んでいたんですが……、その、事情があって、今は一人で住んでいます」

「……そうか」

言葉を濁したリュイの口振りから、詳しい事情を追及するのは遠慮してくれたのだろう。頷いたレオンに、リュイは先ほど不安に思っていたことを聞いてみる。

「あの、レオンさんはどうしてこんな怪我を？　もしかして、近くで争いが……？」

「…………」

リュイの質問に、レオンは少し沈黙した後で口を開いた。

「いや、そうではない。私はこの近くの町を視察で訪れていたんだが、郊外で一人になったところを突然襲われたんだ。夜盗を装ってはいたが、おそらくあれは私を狙った刺客だろう」

「刺客!?」

物騒な言葉に驚いたリュイに、レオンが頷いて言う。

「ああ。……リュイは、この国で今、次の王座を巡って対立が起きているのを知っているか？」

「あ……、はい。確か、王女様と王子様の仲が悪いと聞いたことがあります」

この森から出たことのないリュイだが、出入りの商人から噂《うわさ》は聞いている。

この森は、フロイデンタール王国という国の東に位置している。

フロイデンタール王国は、国土面積はさほど大きくないが、南方には豊かな海があり、温暖な気候で、農業や貿易が盛んな国だ。

現在の王はかつて魔王を倒した勇者で、幸いなことに王としての資質も備わっていたこともあり、堅調な治世を築いている。

だが最近、その後継者の座を巡って、諍《いさか》いが起きつつあるらしい。

フロイデンタール王国はかつて、王室に生まれた男子が王座を継いでいた。だが、現王と王妃の間には女児が生まれた後、しばらく子宝に恵まれなかった。そのため、王は慣習を覆《くつがえ》し、性別にかかわらず長子が次の王となることを定めたのだ。

だがその数年後、立て続けに男子が二人生まれた。

そのうちの一人である第一王子が、自身の待遇に不満を抱いているという――。

「私は、王の定めた正当な後継者である、アンナ王女を支持している」

背もたれにと枕をあてがったリュイに、ありがとうとお礼を言って、レオンが告げる。

「アンナ王女は、とても聡明《そうめい》で柔軟な方だ。なにより、この国の民のことを心から愛している。まさに王にふさわしい方だ」

やわらかな表情で語ったレオンが、眉を曇らせて続ける。

「だが残念なことに、弟のルーカス王子は姉を妬《ねた》んでいる。アンナ王女と、その子供たちより王位継承順位が下であることを不服とし、かつての慣習に則《のっと》って現王の長男である自分こそが王になるべきだと主張しているんだ」

「……姉弟で争うなんて、なんだか悲しいですね」

一人っ子で、一人ぼっちのリュイからしてみたら、血の繋がった姉弟がいがみ合うなんて、悲しいことこの上ない。

ベッドの脇のイスに腰かけたリュイは、ぎゅっと眉を寄せて呟いた。

「王族に生まれなければ、弟さんもお姉さんと仲良くできたんじゃないでしょうか」

「……君は優しいな、リュイ」

ふっと笑ったレオンが、リュイの方を向いて頷く。

「あの二人は壊滅的に性格が合わないから、仲良くできたかどうかは分からないが……、それでも、王族でなければここまで争うことはなかったんじゃないかと、私も思う。だが、生まれは誰にも選べない。誰しもそれぞれ背負った境遇で、精一杯生きるしかないんだ」

「……背負った、境遇」

レオンの言葉を繰り返して、リュイは俯いた。

彼が言っているのはアンナ王女とルーカス王子のことだが、それはまさに自分にも当てはまるように思える。

自分もまた、背負ったこの境遇で、精一杯生きるしかないのだ――。

「私を襲ったのは、おそらくそのルーカス王子の手先だ」

ぐっと拳を握って、レオンが告げる。

「アンナ王女と子供たちには、厳重な護衛がついているからな。彼女を支持する者から消していく魂胆《こんたん》だろう。……実際、最近アンナ王女派の貴族の中には、謎の死を遂げている者が出始めている」

「……っ」

レオンが襲われた事情を知って、リュイは緊張に身を強ばらせる。

おそらくレオンは、有力な貴族なのだろう。だから、アンナ王女派の力を削《そ》ぐために狙われたのだ。

リュイの緊張を察してか、レオンがすまなそうに言う。

「怖がらせてすまない。君に危害が及ばないよう、朝になったらすぐにここを出て行く」

「あ……」

レオンの言葉に咄嗟に頷くのを躊躇って、リュイは黙り込んだ。

そうして下さいと、頷くべきだ。

彼は人間で、自分とは住む世界が違う。自分が魔物とのハーフだと気づかれる前に、彼を送り出すべきだ。

ましてや彼は、命を狙われている。

きっと彼を逃がした刺客は、まだ彼を探しているだろう。

——そう、きっと刺客はまだ、彼を探している。

森の奥深くにあるこの家ならば、抜け道を知っていて、かつリュイが家の周辺にかけている目くらましの魔法から除外している商人以外の人間は辿《たど》り着けない。だが、森の周囲はそうはいかない。

今この森から出たら、レオンは刺客に見つかってしまうだろう。

一時的とはいえ視力を失い、怪我もしている彼が、刺客に太刀打ちできるとは思えない。

ここでレオンを送り出せば、おそらく彼は死んでしまう——。

「……しばらく、ここにいませんか」

気づくとリュイは、レオンにそう提案していた。

(あ……、僕、なにを……)

自分で自分の言葉に狼狽《うろた》えたリュイだが、驚いたのはレオンも同じだったらしい。

「それは……、こちらとしては正直ありがたいが……。いや、やはり駄目だ。私がここにいたら、君に迷惑がかかる」

「でも、今この森を出るのは危険です」

躊躇するレオンに、かえって迷いがなくなって、リュイはきっぱりと言った。

「ここには、場所を知っている馴染みの商人さんしか辿り着けません。それに、目が見えないままでどうやって戦うんですか」

「……だが、突然私が転がり込んだら、君だって困るだろう。君になにか恩返しができるなら話は別だが、こんな状態では逆に世話をかけてしまうかもしれない」

命の恩人に迷惑をかけるわけには、と逡巡するレオンに、リュイは苦笑して言った。

「なら、僕の話し相手になって下さい。それで十分恩返しになりますから」

本当は恩返しなんていいが、そうでも言わなければレオンは納得しないだろう。

真面目《まじめ》な騎士を見つめて、リュイは続けた。

「それに、このままあなたを森の外に送っても、大丈夫だったかな、敵に見つからなかったかなって心配で落ち着かないと思うんです。ラムタラのことも心配ですし」

彼がなにより大切にしているのだろう愛馬のことを持ち出すと、レオンは途端に心が揺れたようだった。

「そうだな……。確かに、ラムタラの怪我が治るまで、安全な場所で休ませてやりたい。随分無理をさせてしまったしな」

呟いたレオンは、躊躇いつつも申し訳なさそうに聞いてきた。

「……すまない。やはり君の厚意に甘えさせてもらってもいいだろうか、リュイ」

「もちろんです。僕もその方が安心ですから」

ようやく頷いてくれたレオンにほっとして、リュイは微笑む。

(やっぱり、悪い人じゃない。……けど、僕が魔物とのハーフだってことは気づかれないようにしないと)

彼は、騎士だ。

騎士の仕事は、王族の護衛と魔物退治だ。

今はリュイのことを人間だと思っているから友好的に接してくれているが、魔物とのハーフだと知られたら、こんなふうに普通に話してはくれないに違いない。

魔物は、人間から忌み嫌われる存在なのだから——。

「…………」

きゅっと唇を引き結んで視線を落としたリュイだが、その時、目の前にぬっと大きな手が差し出される。

長くて節くれ立った、綺麗だがごつごつした手に驚いて顔を上げると、レオンがこちらに笑いかけてくれていた。

「改めてよろしく頼む、リュイ」

「あ……」

彼の手を握り返そうと右手を上げて、リュイは手の甲に浮かぶ緑色の斑紋《はんもん》に一瞬躊躇う。

こんな手で触れて、彼が嫌な気持ちにならないだろうか。

だが、このまま握手を拒んだら、不審がられるかもしれない――。

「……よろしくお願いします、レオンさん」

迷いつつも、リュイはそっとレオンの手を取り、軽く握手をするとすぐに手を引っ込めた。

変に思われなかっただろうか、と動揺するリュイをよそに、レオンが優しく微笑む。

「ああ、よろしく」

「………」

ほ、とこっそり安堵の息をついて、リュイはこちらこそ、とぎこちなく笑みを浮かべたのだった。


パタン、とドアが閉じられる音に続いて、小さな足音が聞こえてくる。

ベッドに身を横たえたレオン――、レオンハルトは、足音が完全に遠ざかるまで待ってから、ふうと息をついた。

「こんなところにまで、姉上と兄上が不仲だという噂は広まっているのか……」

唸りつつ、そっと目を開いてその前に手をかざす。

だが、視界は依然として真っ暗なままで、手の輪郭《りんかく》さえ捉えることはできず、握ったり開いたりしてみてもその動きを視認することはできなかった。

「一ヶ月、か……」

こんな状態で、本当に一ヶ月で視力が回復するのだろうか。万が一このまま失明してしまったら、と考えかけて、目を閉じる。

（……命があるだけでもありがたいんだ。今私にできることは、この幸運に感謝して、回復に努めることだ）

そして、一日も早く城へ戻らなければならない——。

——レオンハルトは、このフロイデンタール王国の第二王子だ。

名前は伏せたものの、先ほどリュイに打ち明けた話はほぼ真実で、レオンハルトは姉のアンナを支持しており、兄のルーカスから敵視されている。

とはいえレオンハルトは、今まで刺客から命を狙われるほど危険な目に遭ったことはなかった。今回襲われたのは、おそらくレオンハルトが今、極秘に調査を進めている事件に関係しているに違いない——。

（……やはり、魔石を盗んだのはルーカス兄上の仕業か）

一週間ほど前、王宮の宝物庫から魔石が盗み出された。

かつて勇者だった父が魔王を倒した際に手に入れたその魔石は、未《いま》だに膨大な魔力を秘めており、悪用されれば国が滅びかねない。

そのため、レオンハルトは父王の命《めい》を受け、秘密裏に魔石の行方《ゆくえ》を追っていた。そして、王宮付きの魔術師たちが、わずかではあるがこの地方から魔石の力を感じ取ったため、急いで調査にやって来たのだ。

だが、町で見かけた怪しい人影を追ったところ襲撃を受け、供の者が負傷してしまった。彼を逃がすため、囮《おとり》となって敵を引きつけた結果が――、これだ。

（……あの刺客は、物盗りを装ってはいたが、かなりの手練《てだ》れだった。村で姿を見かけたのも、おそらく私をおびき出すためにわざと目につくようにしたんだろう）

王族とはいえ、自身で身を守れるようにと幼い頃から厳しく鍛えられた自分が、ここまで手傷を負い、森に逃げ込まざるを得なかったような相手だ。そんな手合いを雇える者など、必然的に限られてくる。

国外からの刺客という線も考えたが、今のところ近隣諸国との関係は良好で、他国の干渉である可能性は低い。とすればやはり、自分を狙ったのは国内の権力者であり、魔石を盗んだ黒幕と考えるのが妥当だろう。

そしてその黒幕は、おそらく兄のルーカスだ――。

（……兄上ならば、私兵をひそかに宝物庫に忍び込ませることも可能だ。ここ最近、兄上の身辺に怪しい魔術師が出入りしているという情報もある）

確かな証拠こそないが、兄が盗んだ魔石を使い、なにか悪事を企《くわだ》てていることは疑いない。

そしてそれは、彼にとって目障りである姉を害する企てである可能性が高い。

自分はそれを突きとめ、姉を守らなければならない——。

「……っ、兄上……」

ついに引き返せないところへ踏み出してしまった兄を思って、レオンは呻《うめ》いた。

これまでレオンは、できるだけ兄の気持ちに寄り添い、なにかと姉を妬む兄をなだめたりして、どうにか二人の関係を修復しようと立ち回り続けてきた。

姉を次の王に推す考えは揺らぎないものだったが、自分が完全に姉の側についてしまったら、兄が孤立してしまう。兄のためにも、そして姉のためにも、できるだけ中立の立場を心がけているレオンのことは、姉も理解してくれていて、苦労をかけて申し訳ないけれどルーカスを頼みます、といつも気にかけてくれていた。

今でこそ対立している姉と兄だが、元はとても仲のいい姉弟だった。年の離れた姉は、公務の合間に兄と自分をとても可愛がってくれて、レオンが幼い頃に亡くなった母の思い出をよく話してくれた。兄と自分がケンカをした時も、いつも姉が仲裁してくれて、兄も自分も姉が大好きで——。

だからこそレオンは、姉を支持する貴族が謎の死を遂げた時も、兄の仕業である証拠が出てこなかったことに、心のどこかでほっとしていた。いくらなんでも、兄がそこまでするとは思いたくなかったからだ。

それだけに、今回のルーカスの仕打ちはひどくショックなものだった。

兄は、自分を殺したいと思っている。

兄にとって自分は、もう敵なのだ――。

(……兄上がそのつもりなら、私ももう、考えを改めなければならない)

共に育ってきた兄を、敵だなどと思いたくはない。だが、このままでは自分ばかりか、姉まで危険に晒《さら》されてしまう。

姉のアンナは、このフロイデンタール王国にとって、なくてはならない人だ。

幼い頃から将来国を背負うために努力を重ね、研鑽《けんさん》を積み、見聞を広めてきた姉は、父王や老臣たちも一目置いている才女だ。国のために、民のためになにができるか常に心を砕いており、国民からの信頼も篤《あつ》い。

男だからという、ただそれだけの理由で、次の王にふさわしいのは姉ではなく自分だとする兄の主張は、到底受け入れられない。

兄が姉を排斥しようとしているのならば、国のために私情を捨て、姉を守るために兄を倒さなければならない――。

(……まずは、兄上が黒幕だという証拠を摑《つか》まなければ)

ぐっと眉間を寄せて、レオンは考えを巡らせた。

(私が行方不明となれば、捜索隊が組まれるはずだ。この地になにかあるとしても、捜索隊

が私を探している間は、兄上もそう簡単に動けないだろう）

自分が囮になった後、供の者はおそらく無事に町まで逃げられただろうから、今頃王都に使いを出しているはずだ。すぐに捜索隊が派遣されるだろうし、姉も兄の仕業と勘づいて一層厳しく監視するに違いない。しばらくの間は、兄も慎重にならざるを得ないだろう。

（できればその間に、兄上がこの地でなにをしようとしていたのか、手がかりだけでも摑めたらいいんだが……）

「……っ」

ごろり、と横になりかけたレオンは、途端にずきりと痛んだ腕の傷に息をつめた。

今まで鍛錬で多少怪我をすることはあったとしても、ここまで深手を負ったことは初めてだ。王宮ならば、少し怪我をしただけですぐに魔術師が魔法で治癒してくれたものだが、ここではそうはいかない。

（自分では見えないから、どの程度の怪我なのか、正確に把握できないな……）

どうやらあちこち包帯が巻かれているようだが、と手を伸ばして確かめようとしたレオンは、ふと鼻先をくすぐった香りに気づき、手をとめた。

「ん……、これは……」

自身の肌から漂う、爽やかな香草の香り。

嗅《か》いでいるだけで気持ちが解《ほぐ》れるようなこの香りは、おそらく寝ている間にリュイが体を拭いてくれたものだろう。

安らかなその香りを吸い込むと、痛みがだいぶやわらぐような心地がする——。

「……彼には本当に、大きな借りができてしまったな」

優しく穏やかな声を思い出し、レオンは知らずふっと頬をゆるめていた。

リュイに出会えたのは、自分にとって本当に僥倖《ぎょうこう》だった。彼がいなければ、自分は今頃森の中で野垂れ死んでいたかもしれない。

こうして手当てをしてくれたばかりか、しばらく匿ってくれるなんて、ありがたいことこの上ない。回復した暁には、きちんと礼をしなければいけない。

(彼はどうして、こんな森の奥に一人で住んでいるんだろう)

彼自身は医者ではないと言っていたが、薬を調合する知識があるくらいだ。医術の心得は、医者とほぼ同等と思っていいだろう。

だが、彼にその知識を授けた父親は、医者であるにもかかわらず、どうして人のいないこの森に住んでいたのか。

一緒に住んでいたという両親は、今どこにいるのか。

見ず知らずの自分を助け、自分を匿えば危険が伴うと分かっているのに見返りも求めず、話し相手になってくれればいいと言うような人のいい彼が、こんな孤独な場所に住み続けている理由は、一体なんなのか——。

（……震えていたな）

先ほど握手を求めた際、リュイは一瞬躊躇っていた様子だった。その後、そっと握手はしてくれたものの、すぐに手を引いていた上に、触れた手は小さく震えていた。

（私が怖かった……？　それとも本当は、そもそも人間嫌いなのか？）

どちらも当てはまるような気もするし、違うような気もする。

彼の態度は、怯えというよりは遠慮が強かったし、人間嫌いというには気遣いがこまやかだ。だが、森の中ではしばらく自分の様子を窺っていたようだったし、警戒心がないというわけでもないらしい。

（馴染みの商人とは交流があるようだし、姉上と兄上の不仲の噂も知っていたから、人との関わりがまったくないわけではなさそうなんだが……）

リュイの言葉の端々からは、どこか野生動物のような雰囲気を感じる。

一つ間違えるとすぐ逃げてしまい、二度と姿を見せてくれなくなりそうな、人慣れしていない、臆病な小動物のような雰囲気を――。

（……いずれにせよ、彼はここで静かに平穏に暮らしているんだ。王室の跡継ぎ問題などという、血なまぐさい争いに巻き込むわけにはいかない）

自分が第二王子だということは、彼のためにも伏せたままにしておいた方がいいだろう。余計なことを知れば、彼の身に危険が迫る可能性が高くなる。

リュイは、ここには場所を知っている馴染みの商人しか辿り着けないと言っていた。自分が供の者と離ればなれになったのも、ここからだいぶ離れた場所のようだし、捜索隊がここまで辿り着く可能性は低いかもしれない。

できることならリュイに正体を明かすのは、すべての片がついて、彼に改めてお礼をしに来る時にしたい。たとえ見ず知らずでも、困っている人間を放っておけないような優しい彼を、危険な目に遭わせたくない。

(王族に生まれなければ、か……)

リュイの言葉を思い出して、レオンハルトはふうと息をついた。

生まれは、選べない。

王族に生まれたからには、自分もこの境遇を背負い、精一杯国のために尽くすしかない。

そのためには、たとえ血の繋がった兄でも倒さなければ――。

「…………」

なにも見えない暗闇の中、じっと前を見据えて、レオンハルトはぐっと拳を握りしめた。

この目が治る日が早く来てほしいと同時に、ずっと来ないでほしいと思いながら。

ころりと転がりかけたジャガイモを、おっと、とカゴに戻して、リュイはふうと息をついた。

「これくらいあれば足りるかな……」

いつもだったら自分一人で食べる分を収穫すればいいが、今は二人分必要だ。

(レオンさん、今晩はなにが食べたいかな。グラタンかポトフか……。チーズ焼きも好きそうだな)

野菜畑の真ん中にしゃがみ込んだリュイは、カゴに山盛りになった新物のジャガイモとタマネギをにこにこと眺めて、もう一個おまけ、と掘り出したジャガイモを山に追加した。

――レオンがリュイの家に滞在するようになって、一週間が過ぎた。

体を鍛えているだけあって、レオンの怪我の治りは早く、すでに包帯は取れている。

視力はまだ回復していないが、リュイが教えた家の中の家具や部屋の位置はあっという間に覚えてしまい、家の周囲の畑や家畜小屋、小川などの位置ももう大体把握している様子だった。

(すごいなあ、レオンさん。突然目が見えなくなったんだから、きっと歩き回るのも怖いだろうに……)

少なくとも自分がレオンの境遇だったら、視力が回復するまでなるべくじっとしていようとするだろうし、なにをするにも怖々と慎重になってしまうだろう。だがレオンは、毎朝外で素振りをしたり、ラムタラの世話をしたり、ついでに現在ラムタラの同居人となっているヤギの乳搾《ちちしぼ》りをしたりと、とても積極的だ。

その上レオンは、しばらく置いてもらうのだからと、水汲みや薪《まき》割りなどの力仕事も率先してやりたがる。リュイが重いものを持とうとしていると、見えないはずなのにどうしてか察して寄ってきて、持つよと脇からひょいと取り上げられてしまうのだ。

リュイが慌てて、一人で大丈夫だから返して下さい、傷に障りますと言っても、もう治ったから平気だよと笑われて、返してもらえたためしがない。少しずつ体を動かしていきたいんだ、でも足元が不安だから引っ張っていってくれると助かるな、とにこにこと言われてしまい、彼の袖を摑んで先導する始末だ。

（……なんていうか、レオンさんににっこり微笑まれると、ついうっかり、分かりましたって納得しちゃうんだよね）

人間のことをよく知らないリュイだが、それでもレオンがかなりの人たらしなのではないかということは簡単に想像できる。

とても礼儀正しいし、義理堅いし、物腰もやわらかいけれど、レオンは人を嫌な気分にさせずに動かすのがうまい。

今日も、畑でジャガイモとタマネギを収穫すると言ったら、運ぶのは自分がと言い出して困ってしまった。

私の方がたくさん食べるんだし、荷物持ちくらいさせてと押し切られそうになったリュイは、ならそれまで釣りをお願いしますと、レオンに釣り竿を押しつけて逃げてきた。これなら、レオンが釣りをしている間に、収穫したものをこっそり運べるだろう。

（レオンさん、今日の晩ご飯を豪華にするって張り切ってたなあ）

少し離れた小川のそばの石の上に座り込み、真剣に釣り糸を垂らしているレオンの背中を見やって、リュイはくすくす笑ってしまった。自分より年上の彼を、少年のようでなんだか可愛いと時々思ってしまうことがあるのは、レオンには内緒だ。

（……不思議な人だなあ、レオンさん）

最初、リュイはレオンを警戒していたはずだった。

彼は人間で、騎士で、自分より大柄で力も強い。魔物とのハーフだと気づかれて、もし暴れられでもしたら、きっと自分は対抗できないだろう。

だから、正体に気づかれないよう、必要以上に関わらないようにしていた。

だがレオンは、いつの間にかするりとリュイの生活に入り込み、気づくといつもそばにいるようになっていた。

おはよう、今日も風が気持ちいいね、今朝はたくさん乳が搾れたよ、畑の水まきなら私が水を運ぼう、晩ご飯はシチューがいいな、私にもなにか手伝わせてくれ、今日もありがとう、ラムタラも君に感謝している、おやすみ、また明日――。

母が亡くなってからこの三年間、出入りの商人や、たまにフラムの里に遊びに行った時以外、ほぼ誰とも接していなかったリュイにとって、誰かとこんなにたくさん会話をするのは本当に久しぶりだ。最初は積極的に話しかけてくるレオンに戸惑っていたけれど、今では毎日彼と言葉を交わすのが楽しくて仕方がない。

誰かに名前を呼ばれたり、親しげに微笑みかけられ、気遣われたりするのがこんなにくすぐったいものだなんて、思ってもみなかった。

毎朝おはようと挨拶し、一緒に食卓を囲み、また明日と言えば同じ言葉が返ってくる。ただそれだけのことがこんなに幸せだなんて、もう随分忘れていた――。

「リュイ」

と、その時、いつの間にか畑のそばまで来ていたレオンが声をかけてくる。

リュイは慌てて立ち上がると、彼にバレないようこっそりカゴを抱えて歩み寄った。

「レオンさん、釣果はどうですか？」

「ああ、是非見てくれ」

にこにこと笑ったレオンが、リュイを手招きする。どうやら大物が釣れたらしい。

晩ご飯はムニエルか塩焼きかな、とわくわくしながら、彼の近くに置かれたバケツを覗き込んだリュイはしかし、首を傾《かし》げてしまった。

「……？　レオンさん、あの……、なにも入ってないみたいなんですけど……」

「うん、実は逃げられてしまった。結構大きいのが釣れたはずなんだけどね」

苦笑したレオンが、おもむろにリュイの方に手を伸ばす。ジャガイモ山盛りのカゴをひょいっと取り上げられて、リュイは驚きに目を瞠った。

「あ……！」

「だからお詫びにこっちを運ばせてくれ。リュイはそっちを頼むよ」

にこにこと笑ったレオンが、早くもスタスタと歩き出す。リュイは慌てて空のバケツを持つと、レオンの後を追った。

「……なんだかこれじゃ、僕がレオンさんに釣り上げられたみたいな感じなんですが」

「はは、うまいこと言うな、リュイは。でもそうだね、今のはちょっとだまし討ちっぽかったかな。ごめんね」

さらりと謝ったレオンが、にっこりと笑いかけてくる。謝り上手な彼に、もう、と苦笑して、リュイはお礼を言った。

「いつも助かります。ありがとうございます、レオンさん」

恐縮するより謝るより、素直に感謝した方がレオンは喜んでくれる。案の定、どういたしましてと嬉しそうに顔をほころばせる彼に、リュイはくすぐったくなってしまった。

なにかにつけて、ありがとうと感謝を欠かさないレオンと一緒にいると、自然とこちらも感謝の言葉が多くなる。

小さなことでも互いに感謝し合い、楽しいね、美味しいね、と共有し合えることが幸せでたまらない。

この人のそばは、なんだかとても居心地がいい――。

「レオンさん、今日の晩ご飯はジャガイモのチーズ焼きなんてどうですか？　干し肉があるから、タマネギでスープも作りましょう」

「ああ、いいね。昨日収穫したアスパラはまだ残っている？　あれも一緒に……」

リクエストしかけたレオンが、途中でぴたりと足をとめ、口を噤《つぐ》む。

見上げた横顔の険しさに驚いて、リュイはおそるおそる声をかけた。

「……レオンさん？」

「静かに……！　……なにかいる」

少し離れた藪《やぶ》の方に体を向けつつ小声で返したレオンが、リュイの前に進み出て告げる。

「私が合図したら、家まで走って。中に入ったらすぐに鍵《かぎ》をかけるんだ、いいね？」

「え……、でも、それじゃ……」

それではレオンはどうするのか、なにかとはなんなのか、まさかその目で戦う気か、と狼狽《うろた》えたリュイだが、レオンはリュイに考える間を与えてはくれなかった。

「今だ、走れ！」

「……っ！」

鋭く叫んだレオンが、持っていたジャガイモのカゴを振りかぶる。

反射的に家の方へと逃げようとしたリュイは、藪から飛び出してきた『なにか』を見て、大きく目を見開いた。

「待って！　待って下さい、レオンさん！」

「痛《い》ってぇ！」

リュイが制止の声を上げるのとほぼ同時に、レオンにジャガイモを投げつけられた『なにか』――、フラムが悲鳴を上げる。

小さいとはいえ、硬いジャガイモを容赦なくゴンゴンとぶつけられたフラムが怯《ひる》んだその瞬間、レオンが彼に飛びつくようにして顔にカゴを押しつけ、あっという間にフラムを地面に引き倒した。

「う、うわっ、うわあっ」

「何者だ……！」

数秒前の温厚さはどこへやら、鬼気迫る勢いでフラムを制圧したレオンが、その上に馬乗りになって凄《すご》む。

「魔物……、ウェアウルフか？　こんなところでなにをして……」

「ぐえっ」

「ちょ……っ、レオンさん、待って！」

フラムの喉をぐっと押さえつけるレオンに、リュイは慌てて飛びついた。

「彼は僕の友達です！　手荒なことはやめて下さい！」

「友達？　魔物が？」

「……っ」

驚いたように聞き返されて、リュイは身を強ばらせた。込み上げた怒りをぐっと呑み込んで、自身に言い聞かせる。

（……仕方ないんだ。この人は、人間なんだから）

人間にとって、魔物は恐れや憎しみの対象だ。レオンも例外ではない――。

「……そうです。彼は僕の友達です。だから乱暴しないで下さい」

感情を押し殺し、冷静な声で告げたリュイに、レオンがようやくフラムの首を絞める手をゆるめる。まだ少し警戒している様子ながら、フラムの上からどいた彼を下がらせて、リュイはフラムを助け起こした。

「フラム、ごめん。大丈夫？」

「ああ、平気だ。リュイ、誰なんだ、こいつ。新しい出入りの商人には見えないけど」

引き倒された時に地面に打ち付けたのだろう。あいてて、と頭を押さえつつ身を起こしたフラムが、グルル、とレオンに向かって牙《きば》をむき出しにする。

途端にレオンがまた臨戦態勢になったのを見て、リュイは慌てて二人に互いを紹介した。

「フラム、落ち着いて。こちらはレオンさん。少し前にロシェの花粉を浴びて、森で迷っていたんだ。目が見えるようになるまでうちで過ごしてもらうことになってる。……レオンさん、こちらはフラム。僕の友達です」

フラムに対するよりもやや硬い声で告げたリュイに、怒りの気配を感じ取ったのだろう。レオンが少し戸惑ったような表情を浮かべる。

「彼はウェアウルフなんだろう？　人間の君が、どうして……」

「なに言ってんだ、こいつ。リュイは……」

「っ、フラム」

声を上げたフラムを、リュイは咄嗟に遮った。

(僕のことは黙っていて。お願い)

頭を振り、視線でそう訴えるリュイに、フラムが戸惑った表情ながらも口を噤んで頷く。

ありがとう、と頷き返して、リュイはレオンに向き直った。

「……レオンさん。魔物が暴れていたのは、魔王に操られていたからです。それに、それはもう三十年も前の話です。魔物が狂暴化することは、もうありません」

「…………」

「レオンさんが僕を守ろうとしてくれたことは分かります。でも、僕にとってフラムは大切な友達です。だから、あなたがどうしても魔物が敵だと言うのなら、僕はあなたを追い出さなければいけない」

レオンと過ごす日々は、リュイにとってとても得難いものだった。こんな人間もいるんだと思えたし、彼のおかげで誰かと一緒に過ごす楽しさを思い出せた。

けれど、フラムとはレオンよりずっと前からの付き合いで、一緒に母を看取ってくれた大事な友人だ。もしレオンがフラムに危害を加えるというのなら、自分は彼をここに置いておくわけにはいかない。

リュイは目を閉じたままのレオンを見据えると、きっぱりと言った。

「僕は、あなたにそんなひどいことをしたくありません。どうか、分かってもらえませんか」

仲良くしてくれとは言わないが、せめて攻撃的な態度は改めてほしい。

そう思って言ったリュイに、レオンはしばらく無言だった。ややあって、ようやく身構えていた体勢を解いて言う。

「……分かった。悪かった、リュイ。……フラム、君にもすまないことをした」

きちんと頭を下げて謝ったレオンに、フラムが拍子抜けしたように頭を掻《か》く。

「ああいや、オレも悪かったよ。知らない人間がいると思って、警戒して隠れてたわけだし。そりゃ、なにも知らなかったらびっくりするよな」

「いや、だからと言って、リュイに確かめもせずいきなり攻撃したのは、やはり私の落ち度だ。すまなかった」

フラムに重ねて謝ったレオンが、リュイに向き直る。真剣な面《おも》もちの彼は、自分の気持ちを探るようにゆっくりと言葉を紡いだ。

「リュイ、君の友達に乱暴な真似をしてすまなかった。確かに、リュイの言う通りだ。私も魔物……、彼らが危険な存在ではないことは分かっているつもりだった。だが、もしかしたら危害を加えられるかもしれないと、咄嗟に恐れてしまった。……私が悪かった。どうか許してくれないだろうか」

「分かってくれたらいいんです。頭を上げて下さい、レオンさん」

改めて謝罪してくれた彼に、リュイはほっとして言った。

レオンがここから追い出されたくないがために形だけ謝っているのではなく、心から悪いと思ってくれていることは、リュイにも分かる。なにより、フラムがもういいと言っているのだから、これ以上彼を責めるのはやり過ぎだ。

リュイはレオンを見上げて、微笑みかける。

「僕の方こそ、フラムがここに来ることがあるって先に伝えておくべきでした。びっくりさせてごめんなさい、レオンさん」

「一番びっくりしたのはオレだけどな！」

フンスと鼻を鳴らしたフラムが、近くに転がっていたジャガイモをひょいひょいと拾い上げながら言う。

「丸腰の、しかも人間があんなに強いとか聞いたことないぞ。あんた、何者なんだ？」

「何者というほどの者ではないよ。ただ、リュイを守らなければと無我夢中だっただけだ」

（え……）

苦笑混じりに答えたレオンの声があまりにも優しくて、カゴを拾おうとしていたリュイは一瞬ドキッとしてしまう。自分自身の反応に戸惑って、リュイは首を傾げた。

（……なんで僕、ドキドキしてるんだろう？）

レオンが自分を守ろうとしてくれたのは、自分に恩を感じているからだ。

それは分かっているはずなのに、レオンが自分を守ろうとして無我夢中だったと聞いて、どうしてか嬉しいと思ってしまう。

彼が、自分のためにそこまで懸命になってくれたことが、たまらなく嬉しい――。

「リュイ？」

と、その時、フラムが声をかけてくる。ハッとしたリュイに、集めたジャガイモとタマネギを両手に抱えたフラムが首を傾げて聞いてきた。

「ぼーっとして、どうかしたのか？」

「あ……、ううん、ごめん。拾ってくれてありがとう、フラム」

慌ててカゴを差し出すと、フラムがそこに拾ったジャガイモを入れてくれる。するとすぐ、横からレオンが手を伸ばしてきた。

「これは私が持とう」

「……あんた、本当に見えてないんだよな？」

リュイの手から迷いなくカゴを引き取ったレオンをまじまじと見つめて、フラムが聞く。

「なんで見えてないのに位置とか分かるんだ？　オレがあそこにいるのも気づいてたみたいだし……」

「あ、それは僕も気になってました。どうしてですか？」

フラムと一緒になって聞いたリュイに、レオンが苦笑しつつ答える。

「いや、自分でも不思議なんだが、見えなくなってから他の感覚が鋭くなった気がするんだ。多分、視覚からの情報がない分、他の五感や第六感が補おうとしているんじゃないかな。フラムがあそこにいたのも匂……、いや、なんとなく気配で」

「え、今匂いって言った？　え、まさかオレ、臭い？」

これでも三日に一回は水浴びしてんだけど、と自分の腕をくんくん嗅いだフラムが、ショックを受けたようにぺたりと耳を伏せる。

立派な尻尾《しっぽ》までしょげさせているフラムの腕をぽんぽんと軽く叩いて、リュイは苦笑した。

「大丈夫だよ、フラム。森にいれば分からないから」

「ああ、そうだな。いわば君の体臭なんだから、なにも気にすることはない」

すかさずフォローしたレオンに、フラムがニパッと表情を明るくする。

「そっか、体臭か！　……あれ、それって結局、オレが臭いってことじゃね？」

首を傾げたフラムに、うーんとレオンが苦笑いを浮かべる。

なああどうなのとフラムに迫られ、珍しく困った表情で笑うレオンを見守りながら、リュイはさてどう助け船を出そうかな、とくすくす笑みを零したのだった。


カサ、と落ち葉を踏む小さな足音が、少し前から聞こえてくる。

なによりもその音に集中しつつ、レオンはピンと神経を張り巡らせて、周囲の気配を探った。

木漏れ日のあたたかさ、遠くから聞こえてくる川のせせらぎ、瑞々《みずみず》しい新緑の香り——。

「レオンさん、ここに木の根っこがあるので気をつけて下さい」

前を歩くリュイの優しい声が聞こえてきて、レオンは微笑んだ。

「ああ、ありがとう」

お礼を言ったレオンの手を、リュイがきゅっと握りしめてくる。

ほっそりとした左手は、初日に挨拶した時よりも随分と自分に慣れてくれたようで、レオンはそのことをなによりも嬉しく感じながら、ゆっくりとリュイの後に続いた。

レオンがリュイの元に身を寄せて、半月ほどが経った。

この日、レオンはリュイに頼んで、彼の家の周囲の森を案内してもらっていた。リュイには告げていないが、周囲に追っ手か、もしくは自分を探す捜索隊の気配がないか確認しておきたかったのだ。

（今のところ、どちらの気配もないな……）

どうやらリュイの家は森の相当奥深くにある様子で、人の気配は微塵《みじん》も感じられない。

追っ手に見つからないのはありがたいが、かと言って捜索隊に見つけてもらえないのも困るな、とレオンは目を閉じたまま、こっそり嘆息した。

今のところ、レオンの視力はまだほとんど戻っていない。だが、よく晴れた日にはわずかに光を感じることもあり、ほんの少しずつだが回復はしているようだ。体の怪我はすっかり治り、矢傷を負った相棒のラムタラも、もう歩き回れるようになっていた。

（これも、リュイのおかげだな）

リュイの調合してくれた傷薬は、驚くほどよく効く。なにより不思議なのが、傷口に彼の薬を塗ると痛みがスッと治まることだ。聞けば、麻酔のような効果がある薬草をごく少量使っているらしい。

リュイの気遣いは傷薬だけにとどまらず、レオンが毎朝毎晩差している目薬も、症状を診て微妙に配合を変えてくれている。

しかも、初めの頃はスーッと清涼感のある刺激があって少し苦手だったのだが、いつの間にか刺激がほぼないものに変わっていた。驚いて聞いてみたら、レオンが目薬を差すところを見ていて、苦手そうだなと思って変えたと言う。

最初に聞いておかなくてすみません、と申し訳なさそうに謝っていたリュイだが、レオンからしてみたら、そこまで自分のことをよく見てくれてありがたいばかりだ。

（彼ほどの腕前なら、町で医院を開けばさぞ人気になるだろうに……）

魔術師に魔法で治療してもらえるのは貴族など一部の富裕層のみで、庶民は普通の医者に頼るしかない。だが、膨大な知識と経験を必要とする医者の数は少なく、大きな町ならともかく、地方の民が医者にかかるのは容易ではないと聞く。

リュイは自分は医者ではないと言うが、薬師《くすし》としてでも町で活躍してもらえたら、フロイデンタールの民がどれだけ助かるだろう。

（なんとか彼に、森から出て町で人助けをしてもらえないだろうか……）

レオンがそう思うのは、なにもこの国のためにというだけではない。

リュイと毎日一緒に過ごすうちに感じたことだが、彼は人との交流にとても飢えている。

毎朝、おはようと挨拶するだけでとても嬉しそうに、おはようございますと弾んだ声が返ってくるし、他愛ない話をしていても、いつも楽しそうにくすくす笑っている。

最初のうちはこちらが話しかけても遠慮がちに答えるだけだったが、最近はもっと町のことを教えて下さい、どんな人がいてどんな仕事をしているんですかと、自分から知りたがるくらいだ。

彼は、外の世界を知りたがっている。

リュイ自身のためにも、森の外に出ることを考えてみてもいいのではないだろうか。

そう思ったレオンは、先日二度目に会ったフラムに、それとなくリュイがこの森に一人で住み続けている理由を尋ねてみた。だが。

『オレにそれを聞いてくるってことは、リュイからはなにも言われてないってことだろ。あいつが話さないことを、オレが勝手に話すわけにはいかない』

『……そうだな。軽率にすまなかった』

至極真っ当な言葉を返され、その通りだと頭を下げたレオンに、フラムは唸って言った。

『あんたは人間だけど、いい奴だ。だから、リュイがあんたと知り合えてよかったと、オレは思う。オレじゃ、あいつに森の外の世界のことは教えてやれないからな』

もどかしそうに言うフラムは、レオンと同じように、以前森の中で怪我をしていたところをリュイに助けられたのだと言っていた。

以来、一人きりで暮らしているリュイの様子を、定期的に見に来ているのだ、と。

『リュイのことは、オレもなんとかした方がいいとは思ってるんだ。このままずっと一人なんて、いくらなんでも寂しすぎるからな。でもリュイには、ここにいたい理由がある。それは誰にも、……あんたにも、きっとどうにもできない』

（ここにいたい理由、か……）

フラムの言葉を思い返して、レオンはじっと考えを巡らせた。

リュイが抱えているその理由とは、一体なんなのだろう。

あんなにも森の外のことを知りたがっているのに、それでもここに住み続けている、その理由とは——。

と、その時、レオンの前を歩いていたリュイが、そっと声をかけてくる。

「レオンさん、大丈夫ですか？　もしかして疲れましたか？」

「ん……、ああいや、大丈夫だ。すまない、少し考え事をしていた」

心配そうなリュイに、レオンは慌てて気を取り直して答えた。

レオンが森を案内してほしいと頼んだのは、今日が初めてではない。もう何日も前から何度も頼んでいたが、リュイはどうやらとても心配性らしく、危ないですからとか、まだ体力が万全じゃないでしょうからなどと言って、なかなかレオンを森に連れていってくれなかったのだ。

ここで疲れたとでも言おうものなら、また彼に心配をかけてしまう。

ようやく周囲の様子を探るチャンスなのにそれは、と焦ったレオンだったが、リュイはくるりと方向を変えるとレオンの手を引っ張って歩き出す。

「無理は禁物です。今日はもう家に帰って休みましょう」

「いや、できればもう少し……」

「レオンさん」

穏やかだが有無を言わせない声で、リュイがレオンを遮る。

「明日、また来ましょう。だから今日はもう終わりです。ね？」

「……はい」

これは、微笑みながら怒っている、というやつではないだろうか。

彼の顔も知らないのになんとなく表情が察せられて、レオンは思わず敬語で答えてしまった。するとリュイがバツの悪そうな声で謝ってくる。

「……すみません。レオンさんが、僕よりずっと体力があることは分かってるんです。でも、どうしても心配で……」

少し強い態度に出てしまったことを悔いているのだろう。

きゅ、きゅっと恥じ入るようにレオンの手を握るリュイに、レオンは思わずくすくす笑ってしまった。

「謝ることはないよ。君は今、私の主治医なんだから。患者は主治医の言うことを聞くものだ。だろう？」

「……あんまり意地悪言わないで下さい」

主治医などと言われて照れてしまったのか、少し拗《す》ねた声で言ったリュイが、きゅうっと手を握ってくる。

顔が見えなくても、声や仕草でこんなにも相手の気持ちが分かるものなのかと改めて感心しつつ、レオンは笑み混じりに謝った。

「ごめんごめん。機嫌を直して、リュイ。今君に置いていかれたら、私はこの森で彷徨うしかなくなってしまう」

「そんなことしませんよ。晩ご飯のカレーも二人分仕込んじゃったんですから、一緒に食べてもらわないと」

わざとおどけて言ったレオンに、リュイがくすくす笑いながら、早く帰りましょう、と手を引く。リラックスした様子の彼にこちらもほっこりして、レオンはああ、と頷いた。

（……彼は一体、どんな顔をしているんだろうな）

出会った時からずっと、その声と温もりしか知らないが、きっと優しい顔立ちなのだろうという確信はある。

遠慮がちで奥ゆかしく、けれど譲れないことはきちんと主張する強さもある彼のことを、もっと知りたい。

彼の目は、一体どんな色なのだろう。

笑う時は、どんな顔をしているのだろう。

自分の話を聞いている時の彼は、今の彼は、どんな表情をしているのだろう。

声だけでは、仕草だけでは足りない。

彼が今までどんな人生を送ってきたのか、この森に一人で住み続ける理由はなんなのか知りたい。

なにより、リュイ自身の口から彼について打ち明けてもらえるほど信頼されたい。

こんな気持ちは、まるで――。

（……どうしたんだ、私は。彼はれっきとした男性なのに）

思い浮かんだ感情の名前に戸惑いを覚えて、レオンはふっと我に返る。

レオンが今まで似たような感情を覚えたのは異性相手ばかりで、いずれももっと淡いものだった。

こんなにも知りたい、信頼されたいと強く思うのは、リュイの顔すら知らないからなのだろうか。

視力が戻ったら、彼の容貌《ようぼう》を知ったら、この気持ちは薄れるのだろうか。

（私は……）

レオンが自身の気持ちに更に向き合おうとした、――その時だった。

「レオンさん、もうすぐ家に……、あれ？」

前を歩いていたリュイが、言葉の途中で口を噤む。足をとめたリュイに、レオンはそっと問いかけた。

「どうした、リュイ？　なにかあったか？」

なにか異常があるのか、まさか追っ手か捜索隊が辿り着いたのか、と一瞬緊張に身を強ばらせたレオンだったが、返ってきたリュイの答えはそのどちらでもなかった。

「いえ、家の前に、定期的に薬草の買い付けに来てくれる旅商人さんがいるんです。でも珍しいな、この間来たばかりなのに……。カガリさーん！」

声を上げたリュイが、行きましょうとレオンを促す。開けた場所まで出たリュイは、するりとレオンから手を解《ほど》いて言った。

「僕、先に行ってレオンさんのことを話してきますね。レオンさんは後からゆっくり来て下さい」

「……ああ」

離れてしまった温もりを惜しく思いながら、レオンは頷き返す。

（旅商人、か……）

自分が敵に襲われてから、もう二週間だ。

おそらくフロイデンタールの国中に、第二王子失踪の噂は知れ渡っているだろう。その商人も、噂を知っているに違いない。リュイの話を聞けば、自分が行方不明中の第二王子だと勘づくかもしれない。

どういった人物かはまだ分からないが、旅商人ならば姉と兄、どちらの味方でもない可能性が高い。となれば、自分がすべきことはその商人に姉への伝言を頼み、一刻も早く捜索隊をここに寄越してもらうことだ。――だが。

（……ここに捜索隊を呼んだら、リュイの生活が脅かされる）

ここは、リュイにとって大切な場所だ。

彼がこの場所に固執する理由は分からないし、森の外に出た方がいいとも思っているけれど、だからと言って彼の大切な場所を荒らすような真似はしたくない。

（私は、彼が大切にしているものを守りたい。できる限り、この場所のことはそっとしておきたい）

それに、もし捜索隊をここに呼んだとしても、その中に兄の手先が紛れ込んでいないとも限らない。まだ視力が回復していないこの状態で、味方を装って近づいてこられたら、まず対処できないだろう。

（……やはり、完全に視力が回復するまで、城に戻るのは危険だ）

心配しているだろう姉や両親には申し訳ないが、自分がここにいることはまだ伏せておきたい。

旅商人にはシラを切り通すしかないだろうと思いながら、レオンはゆっくりとリュイの後を追い、話し声がする方へと歩み寄った。

「あ、レオンさん、こちらです。カガリさん、こちらが今お話ししたレオンさんです」

「どうも、カガリです。……ふーん、『レオン』さん、ね」

少し緊張ぎみのリュイに続いて聞こえてきたのは、少し掠《かす》れ気味の低い男の声だった。

おそらく四十歳前後だろう。煙草《たばこ》を吸っているようで、かすかに甘い匂いが漂ってくる。

わざわざ自分の名前を繰り返すあたり、もうレオンの正体に気づいたのだろう。どうやら勘がよく、しかも癖のある人物らしい。

（……厄介そうだな）

苦々しく思ったレオンだが、自分の腹のうちを読ませず良好な関係を築く術《すべ》は、王族として身につけている。リュイ相手にはこんなことせずに済むのにな、と内心苦笑しつつ、レオンはにこやかに挨拶した。

「初めまして、カガリさん。リュイにはお世話になっています」

とりあえず相手の出方を探ろうと、握手を求めようとしたレオンだったが、カガリはそれには応じず、リュイに話しかける。

「で、リュイ。悪いんだが、さっき頼んだ薬草、早速用意してもらえるか？」

「あ……、はい、分かりました。あの、カガリさん、さっきのことは……」

「ああ、分かってる。心配するな」

おずおずと言ったリュイに、カガリが声をやわらげる。リュイが彼になにを頼んだのかは分からなかったが、どうやらカガリもフラムと同じで、リュイには甘いらしい。

ほっとしたように息をついたリュイが、弾んだ声で言った。

「ありがとうございます。すぐ採ってきますから、少し待っていて下さい。よかったら中へどうぞ」

畑へ行ってきますね、とレオンに声をかけたリュイが、薬草畑の方へ去っていく気配がする。

レオンは宙に浮いていた手を引っ込めると、にこやかに促した。

「カガリさん、中でお話でも……」

「俺は別にここで構わないがな。『レオンハルト』様？」

にや、と皮肉気な笑みを滲ませた声に、レオンは静かに深呼吸をして息を整える。

（……やはりか）

ここは下手にシラを切るより、腹を割って話した方がいいだろう。

レオンはカガリに向き直ると、直球で問いかけた。

「……リュイにはもう、私のことを？」

「いや、まだなにも。そもそも、怪我人を居候《いそうろう》させてるって聞いたばかりだったしな」

ふーっとカガリが息を吐くと、そこら中に甘い匂いが立ちこめる。

嗅ぎ慣れないその匂いに思わず顔をしかめそうになるのを堪えて、レオンは彼に頭を下げた。

「お願いします、カガリさん。町に戻っても、私がここにいることは誰にも言わないでもらえないでしょうか」

「誰にも？　あんたを探してる捜索隊にもか？」

意外そうな声で聞き返したカガリが、すぐに思い当たったようにさらりと言う。

「ああ、なるほど。あんた、兄貴の手先に襲われたのか。確かに、捜索隊に兄貴の息がかかった兵が紛れ込んでいる可能性はあるからな」

「……ええ」

カガリの察しのよさに少し驚きながら、レオンは顔を上げる。

(何者だ、この男)

一癖ありそうだとは思ったが、どうもただ者ではない。

(彼に下手な誤魔化しは通用しないだろう)

レオンは腹をくくると、カガリに告げた。

「あなたのお察しの通りです。万が一味方の中に敵が潜んでいても、今の私には判別が難しい。襲われれば、今度こそ命を失うでしょう。……なにより、ここはリュイにとって大切な場所だ」

「……ほう?」

レオンの一言に、カガリが相槌《あいづち》を打つ。

先ほどレオンの状況を察した時よりも、よほど興味深そうな声音に、レオンは正直に心の内を吐露した。

「リュイは、私が『レオンハルト』だと知りません。ですが、彼は私が命を狙われていると知って、ここに匿ってくれた。そんな彼が大切にしている場所を、私の都合で踏み荒らしたくはないんです」

「……あんたは、リュイがこの場所にこだわっている理由を知ってるのか？」

カガリの問いかけに、レオンは首を横に振った。

「いえ、そこまでは。ですが、彼が外の世界に興味を持ちながらも、ここで暮らし続けていることは知っています。ここを、とても大切にしていることも」

「………」

「リュイにとって大切な場所なら、私も大切にしたい。彼は私にとって、大切な恩人で、友人ですから」

「……恩人で、友人、ね」

レオンの話を聞き終えたカガリが、ふーっと息を吐き出す。煙草の甘い匂いを漂わせながら、カガリは少しおかしそうに質問してきた。

「あんた、本当にそう思ってるのか？　自分にとってリュイは、ただの友人だって」

「………」

「あんた、本当は……」

ニヤニヤと笑みの滲む声でカガリが続けようとしたその時、畑の方からリュイの声が聞こえてくる。

「あれ、二人とも中に入ってなかったんですか？」

「……ああ、ちょっと話が弾んでな」

不思議そうなリュイに、しれっとそう返したカガリが、レオンの脇をすり抜けてリュイに歩み寄る。

（弾んではいないんだが……）

内心ため息をつきつつ、カガリの後をついていったレオンは、聞こえてきた会話に耳を疑ってしまった。

「はい、カガリさん。ラハナの実、十個です」

「ああ、助かった。いつも通り、銀貨一枚でいいか？」

「……っ、ちょっと待ってくれ！」

はい、と言いかけたリュイを遮って、レオンは二人の間に割り込む。

（銀貨一枚だと⁉　ラハナの実が⁉）

ラハナの実は、とても効力が強く、汎用性の高い解毒薬になる。だが、遠方の南国でしか手に入らず、フロイデンタールで栽培するのはとても難しい。その実は一個で金貨一枚は下らず、王室でも秘薬扱いされている。

十個で銀貨一枚など、買い叩きにもほどがある。

「……リュイ、君はこの男に騙《だま》されている」

リュイを背に庇《かば》って、レオンは低く唸った。

リュイがこの男を信用している様子だったから正直になにもかも打ち明けたが、どうやらとんだ勘違いだったようだ。

この実の価値を正しく知らないリュイを騙して暴利を貪るなど、到底見過ごせない。

（世間知らずで人のいいリュイを食い物にするなど、絶対に許せない……！）

見えない目をカッと見開き、甘い匂いが漂ってくる方向を睨み据えて、レオンはカガリを糾弾した。

「そのラハナの実は、もっと価値があるものだ。リュイが知らないことにつけ込んで、そんな安値で買い叩くなど、この悪党め……！」

「レ、レオンさん、待って」

「いいやリュイ、君はこの男に騙されているんだ。そのラハナの実は、本当は一個で金貨一枚以上の価値が……」

「知ってます！」

慌てたように声を上げるリュイに真実を告げようとしたレオンだったが、皆まで言う前にリュイに大声で遮られる。

レオンは普段のリュイらしからぬその大声に驚いた後、言葉の意味を量りかねて当惑した。

――知っている？

「これは傑作だ！　知らない間に、いい番犬がついたじゃないか、リュイ！」

わけが分からず黙り込んだレオンに、弾けるように笑い出したのはカガリだった。

リュイがため息混じりにカガリをいさめる。

「カガリさん……。レオンさんを番犬扱いするのはやめて下さい」

一人だけ状況が呑み込めず、レオンはリュイに説明を求めた。

「リュイ？　どういうことだ？」

「……えっと、まず、僕はちゃんとラハナの実の価値を知っています。その上で、カガリさんからはいつも、十個で銀貨一枚をいただいているんです」

「な……」

思ってもみなかった一言に、レオンは絶句してしまった。意味が分からず、茫然《ぼうぜん》とリュイの言葉を繰り返す。

「価値を、知っている？　いや、だが……、それなら尚更、何故……」

「価値を知っているからこそ、です」

答えるリュイの声は、至極落ち着いたものだった。

「……実は、僕の母もこのラハナから作られる薬を必要としていました。でも、間に合わず亡くなってしまった。だからこそ僕は、レオンさんに頼んで種を手に入れてもらって、自分で育てることにしたんです。ラハナを必要としている人は、他にもたくさんいるから」

「ラハナの実だけじゃない」

リュイの言葉を受けて、カガリが言う。

「リュイは他にもたくさん、貴重な薬草を育てて、俺に卸してくれてる。俺はそれを金がない庶民や医者に届けて回ってるんだ。ま、多少の手間賃はもらうがな」

そう言ったカガリに、リュイがくすくす笑う。

「でもカガリさん、お金のない方には無償で譲ったりもしてるんですよね。他の商人の方から聞いてますよ」

「おっと、そいつは大嘘つきだな。俺はタダで譲ったことはないぞ。金がなけりゃ、別のものをもらってるからな」

「でもそれも、ほとんどタダ同然のガラクタばかりなんでしょう？」

「……さあ、覚えてないな」

にこにこと嬉しそうに言うリュイに、カガリが苦笑混じりにシラを切る。

レオンはすっかり毒気を抜かれて呟いた。

「だが……、だが、それでは君の儲《もう》けにならないだろう。私は詳しくはないが、ラハナは育てるのが相当難しいのだろう？　銀貨一枚では、その手間に見合わないと思うが……」

ほとんど呻くようなレオンの呟きに、リュイは少し困ったような声で答えた。

「でも、僕はそんなにお金は必要ないですから」

「………」

「僕は、カガリさんや他の商人さんたちから生活に必要なものを買えれば、それで十分なので」

なんの躊躇いもなくそう言うリュイに、レオンは今度こそ言葉を失ってしまった。

（……彼のような人が、いたのか）

善人であることは、もちろん知っていた。

見返りも求めず、敵に命を狙われている自分を匿ってくれるようなお人好《ひとよ》しだ。

とても優しくて、濁りのない心の持ち主だということは、一緒に過ごす中でも強く感じていた。

だが、彼が自分のみならずもっと多くの、この国に住む多くの人々を助けてくれていたなんて、思ってもみなかった――。

（……私は、知らず知らずの間に傲《おご》っていたのかもしれない）

己の過ちに気づいて、レオンは愕然《がくぜん》とした。

リュイほどではないにしても、この国は様々な人々の善意に助けられ、支えられている。

自分や姉、父王だけが、この国を守っているわけではない。そのことは、当然分かっているつもりだった。

だがきっと、本当の意味では理解していなかったのだ。

自分は今まで、リュイやカガリのような善意ある人々への感謝を、心から感じていただろうか。彼らへの敬意を、忘れていなかっただろうか――。

「……リュイ」

頭から冷水を浴びせられたような心地で、レオンは両手の平を上にしてリュイに差し出した。

「手を、貸してもらえるだろうか」

「え……、はい」

戸惑いながら、リュイがレオンに手を重ねてくる。リュイの手をそっと包み込んだレオンは、その場に膝をついた。

「ありがとう、リュイ」

リュイの手を額《ひたい》に押しいただき、今言葉にできる精一杯の謝意を伝える。

「……この国に住む一人として、君に感謝する。君の薬草に助けられた人たちの中には、きっと私の大切な友人や、その家族も含まれていたはずだ。本当にありがとう、リュイ」

「レオンさん……」

本当は、自分の目を開かせてくれたお礼を言いたい。

君のおかげで自分の中に潜む傲慢《ごうまん》さに気づけたと、大切な友人とはこの国の人々なのだと、そう打ち明けたい。

だが、自分が王族だと知らない彼にそんなことを言っても、困惑させてしまうだけだ。

だから今はただひたすら、感謝することしかできない。

彼への深い感謝も、――この想いも、今は秘めておくことしかできない。

(……私は、彼が好きだ)

認めることができずにいた気持ちに、ようやく真正面から向き合って、レオンはリュイの指先を優しく握った。

(いつか、彼に正体を打ち明ける時が来たら、その時に私の気持ちを伝えよう)

同性の自分が想いを告げても、リュイを困らせるだけかもしれない。

だが、自分は性別ではなく、姿形ではなく、リュイ自身に惹かれたのだ。

そのことは、彼に伝えたい。

そして、できるなら自分のことも、フラムやカガリのように信頼してほしい――。

「レ……、レオンさん、顔を上げて下さい」

跪《ひざまず》いたままのレオンに、おろおろとリュイが声をかけてくる。

「僕はその、そんなにたいしたことはしていませんから……」

「なにを言うんだ、リュイ、君は素晴らしい人だ」

「す……」

レオンがきっぱりと反論すると、リュイの指先にきゅっと緊張が走る。あ、う、と声にならない声で狼狽えているらしいリュイを、カガリがニヤニヤと笑み混じりの声でからかった。

「おいおい、番犬通り越して忠犬か？　っていうかレオン、俺にはやんないのかよ、それ」

「ああ、もちろんあなたにも感謝を伝えたい」

カガリの言葉に、レオンは立ち上がって彼にも手を差し出す。

「先ほどは失礼なことを言って申し訳なかった。カガリさん、どうか手を……」

「い、いやいやいや、冗談だって。俺はごめんだぞ、あんなこっ恥ずかしいの」

焦ったようなカガリの声に、リュイがくすくすと笑い出す。

まああそう言わずに、と内心のしたり顔をまるっと押し隠して、レオンはにこやかにカガリの甘い煙草の匂いをしばらく追いかけたのだった。

――数日後。

その日、リュイはフラムに誘われ、レオンも一緒に三人で朝早くから川の上流へ釣りに出かけていた。

「まさかレオンがあんなに釣りが上手《うま》いとはなあ」

数匹の魚が入ったバケツを手に提げたフラムが、悔しそうに言う。釣り歴の長いフラムは、どうやらレオンに釣りの心得を教えるつもりでいたらしい。

だが、結果今日の釣果のほとんどはレオンの釣り上げたもので、フラムはその半数以下、リュイに至っては一匹も釣れなかった。

先ほど河原で釣った魚を焼いて食べながら、場所が悪かったんだ場所がと、ちょっと拗ねていたフラムを思い出し、リュイはくすくす笑いながら二人にお礼を言った。

「二人のおかげで美味しい魚が食べられたよ。ごちそうさま、フラム。レオンさんも、ありがとうございました」

「どういたしまして。リュイに喜んでもらえたなら、頑張ったかいがあったな」

釣り竿をフラムに預け、リュイと手を繋いでのんびりと歩きながら、レオンが微笑む。

バンダナを目元に巻いたレオンを見やって、リュイはほっと安堵した。

（よかった……。レオンさん、今日はそんなにつらくなさそうだ）

日に日に快方に向かいつつあるレオンの目だが、その過程でどうしても眩《まぶ》しく感じることが多くなり、最近はこうしてバンダナを巻いて過ごすことが増えた。

河原はよく陽《ひ》が当たるため、バンダナ越しでもつらいのではと心配していたが、幸い杞憂《きゆう》だったようだ。

(昨日目薬の配合を変えたから、それがよかったのかも。しばらくこのままの配合で様子を見てみようかな)

今の調子なら、あと十日から二週間ほどでレオンの視力は回復するだろう。

彼が町に帰る日が、近づいている——。

(……元に、戻るだけだ)

レオンとの別れを意識した途端、気持ちが沈んでしまって、リュイは唇を引き結んだ。

すぐそばで談笑している二人に悟られないよう、たまに相槌を打ちつつ、自分自身に言い聞かせる。

(今までと、なにも変わらない。僕はずっとこの森で暮らしてきたんだ。レオンさんがいなくなったら元の生活に戻る、……それだけのことだ)

薬草や野菜畑の手入れをし、家畜の世話をして、時折森や川の恵みを採りに行く。たまに来てくれるカガリやフラムと話をし、父の帰りを待つ。——一人で。

今まではそれが、当たり前のことだと思っていた。

おはようも、おやすみなさいも、自分自身に言うだけ。

自分のために一人分の食事を作り、家具や道具の修繕も一人でする。

たった数週間前まで、リュイにとってはそれがごく普通の毎日だったのに。

それなのに今は、そんな日々を想像するだけで寂しくてたまらなくなる。

一人だった時は分からなかったのに、レオンと一緒に暮らす日々が楽しくて、いつの間にか自分の普通が、当たり前が、変わってしまっている——。

(このままレオンさんが、ずっとここにいてくれたら……)

思わずそう考えかけて、リュイはすぐに自分を戒めた。

(なにを勝手なことを言っているんだ、僕は。レオンさんには、彼を待っている家族がいるのに……)

以前、町でどんな暮らしをしているのか聞いた時、レオンは自分には父と姉と兄がいるのだと言っていた。特に姉とは仲がよくて、聡明な姉を尊敬している、と。

レオンの家族は、きっと連絡の取れない彼のことを心配しているだろう。

彼には帰る場所が、帰りを待ってくれている家族がいる。

一日も早く、彼を家族の元に帰してあげたい——。

(……それに、視力が回復したら、レオンさんにも僕が魔物とのハーフだって知られてしまう。誤魔化すことなんて、できないんだから……)

そっと目を伏せて、リュイはレオンと繋いだ手とは逆の右手に浮かぶ、緑色の斑紋を見やった。

レオンは、過去に自分を追い払った人間たちとは違う。

最初こそ魔物であるフラムを警戒していたけれど、彼は自分の話を聞いて考えを改めてくれた。こうしてすっかり打ち解け、一緒に出かけて軽口を言い合うまでになっている。

彼は、魔物だからという理由だけで闇雲《やみくも》に相手を恐れたり、忌避したりはしない。

それは、分かっている。

けれど、どうしても怖いと思ってしまうのだ。

この姿を、自分が魔物とのハーフだということを知ったら、彼はどう思うのだろう。

もしも、自分の姿を見た彼の目に、嫌悪の色が浮かんだら？

気持ち悪いと、ほんの少しでも思われてしまったら？

万が一、レオンに一瞬でもそんな表情を浮かべられてしまったら、自分はもう、どうしていいか分からない――。

「……イ、リュイ？」

「……っ」

と、その時、リュイの耳にレオンの声が聞こえてくる。

ハッと我に返ったリュイは、いつの間にかもう家のすぐ近くまで来ていたことに気づき、慌てて謝った。

「ご……、ごめんなさい、ちょっとぼうっとしてしまって」

「大丈夫か？　少し疲れたのか？」

心配してくれたレオンが、そっとリュイの額に手を当ててくる。びくっと反射的に肩を跳ね上げたリュイは、顔を近づけてきたレオンにカーッと頬を赤く染めてしまった。

「レ、レオンさ……」

「……熱はないみたいだな。気分が悪かったりは？」

「いえ、その……、だ、大丈夫です」

しどろもどろに答えたリュイからそっと身を離して、レオンが言う。

「それならいいが、念のために今日は早めに休んだ方がいい。動物たちを小屋に入れてくるから、君は先に家に入っていて」

「あ、それなら僕も一緒に……！」

「それじゃ意味がないだろう？　すぐ済むから、一人で大丈夫だよ」

優しく微笑んだレオンが、慣れた足取りでヤギ小屋へと向かう。

もうすっかり家の周りを把握している彼の背を見送っていたリュイだったが、その時、それまで黙って見守っていたフラムが口を開いた。

「……なあ、リュイ。リュイはあいつのこと、好きなのか？」

「……っ」

思ってもみなかった問いかけに、リュイは驚いて固まってしまう。

「す……！　いや、その……っ」

目を見開き、喘《あえ》ぐようにどうにか声を紡ごうとするリュイを見て、フラムが納得したように頷いた。

「ああ、やっぱりな。そうだと思った」

「違……っ」

「違うのか？」

「だ……、だって、レオンさんはその……、人間、だし……」

答える声が、どんどん小さくなってしまう。

俯いたリュイに、フラムが声を和らげて聞いてきた。

「レオンが人間だから、自分のこと話せなくて苦しいんだろ？」

「…………」

「それって、好きってことじゃないのか？」

非難するでも、からかうでもない優しい友達に、リュイは嘘がつけず頷いた。

「……うん。僕、レオンさんのことが好き、みたいなんだ」

本当はもう、少し前から気づいていた。

一緒にいてこんなにも楽しいのは、こんなにも離れがたく感じるのは、自分が彼に惹かれているからだ。

自分はレオンのことを、友達以上に想い始めている。

だから、彼の人となりを信じているのに、『もしも』を恐れて自分の正体を打ち明けられないのだ——。

「どうしよう、フラム。僕、どうしたらいいんだろう？」

「どうしたらって……」

初めての恋に狼狽えるリュイに、フラムが苦笑してあっけらかんと言う。

「好きって言えばいいんじゃね？」

「っ、そ……、んなの、言えないよ……」

「なんで」

不思議そうに首を傾げるフラムに、リュイはおろおろと視線を泳がせて言い募った。

「だって、僕は男だし、……人間じゃないし。それにレオンさんは、目が治ったら町に帰るんだし……」

「また来てもらえばいいじゃん。カガリみたいに、目くらましの魔法が効かないようにしてさ」

「それは……、……でも」

そうなったら、どんなにいいだろう。

たまにでもいいから、レオンが自分に会いに来てくれたら、どんなに嬉しいか――。

「……無理、だよ」

一瞬想像して、心が浮き立ちかけたリュイはしかし、視界の端に映った自分の右手に、小さくため息をついて呟いた。

「友達になら、なってもらえるかもしれない。でも、レオンさんが僕を好きになってくれることはきっと、ない。そうと分かっていて告白するのも、友達になってもらうのも、……僕はどっちも、つらい」

フラムとも打ち解けてくれた彼のことだ。

リュイのことも、友達としてなら受け入れてくれるかもしれない。

けれど、自分はきっと、彼の一番大切な存在にはなれない。

人間ではない自分が、彼に、人間に愛してもらえるとは思えない。

そうと分かっていて彼に気持ちを伝える勇気はないし、だからと言って、気持ちを押し隠して彼と友人付き合いを続けるのはきっと、苦しい。

ならばこのまま、彼の視力が戻るのを機に、レオンとは離れた方がいい――。

「……そんなの分かんないだろ」

俯いたリュイに、フラムが不機嫌そうに言う。

「オレは人間のことはよく知らないけど、でも、リュイみたいにいい奴はきっと、人間にも魔物にもそうはいない。そもそも、リュイの親父《おやじ》さんとお袋さんだって、種族の違いを乗り越えて結ばれたんだろ。同族じゃないから好きになれないなんて、そんなの分かんないじゃないか」

「……フラム」

「リュイ、レオンが来てからよく笑うようになった。今日だってレオンと一緒にいるとすごく楽しそうで、幸せそうで、オレ、そんなお前見ててすごく嬉しかったのに。それなのに、そんなことで諦めるとか言うなよ。そんな、自分にも相手にもどうにもできない理由に逃げるなよ……」

ぎゅっと釣り竿を握りしめたフラムが、悔しそうに顔を歪《ゆが》ませる。

フラムが自分のためを思ってそう言ってくれていることが分かるだけに、リュイはどう声をかけていいか迷ってしまった。だが、二人が黙り込んでいると、ほどなくして小屋の方からレオンが戻ってくる。

「……ん、あれ、二人ともまだそこにいるのか？」

「レオンさん……、あの……」

どうしよう、と狼狽えたリュイだったが、その時、フラムがバッと顔を上げて言う。

「ごめん、リュイ。変なこと言って悪かった。オレ、ちょっとお節介だった」

ごめんな、と重ねて謝ったフラムは、リュイの返事を待たずに魚の入ったバケツを押しつけてきた。

「オレ、今日はもう帰るよ。これ、二人で食ってくれ」

「あ、待って、フラム。今、君の分も分けるから……」

「いや、オレはいいよ。詫び代わりに取っといてくれ」

ついでにこれも、と腰に提げていた袋を漁ったフラムが、レオンにギィの実を手渡して言う。

「じゃあな、レオン。また来るよ。ごめんな、リュイ」

「……ううん！　こっちこそ！」

懸命に声を張り上げたリュイに、フラムが片手を上げて去っていく。

遠ざかるその背をじっと見つめるリュイに、レオンがそっと声をかけてきた。

「すまない、タイミングが悪かっただろうか」

「……いえ、大丈夫です」

どうやらレオンには先ほどのフラムとの会話は聞こえていなかったらしい。

リュイは少しほっとすると、懸命に笑みを浮かべて言った。

「僕がいけないんです。フラムにいつも心配をかけてばかりで……。今度、ちゃんと謝っておきます」

「ああ。きっと、すぐまた来てくれるよ」

詳しくは聞かずにいてくれるレオンに、はいと頷いて、リュイは促した。

「中に入ってお茶にしましょう。お魚がいっぱいあるから、今日はご馳走《ちそう》にしますね」

「それは楽しみだな」

ただいま、お帰りなさいと互いに言い合って、家に入る。

手を洗い、目元のバンダナを取ったレオンが、慣れた様子で戸棚からカップを出すのを横目に、リュイはヤカンを火にかけ、お茶の葉を出した。小さな食事用のテーブルに向かい合わせに座り、お湯が沸くのを待ちながら、バケツに入った魚を数える。

「一、二、三……、五匹もありますね。いっぺんには食べられないかも」

「それなら、余った分はこの間作ってくれた魚と豆の煮込みにして、明日食べるのはどうだろう。とても美味しかったから、また食べたいと思っていたんだ」

「本当ですか？　嬉しいです、あれは僕の母の得意料理だったので……」

香ばしく焼いた川魚を、香味野菜と豆、ハーブで煮込む料理は、母から教わったものだ。あれを作るなら、と早速食料庫から乾燥豆を取り出すリュイに、レオンが苦笑して言った。

「すまない。君を休ませたかったのに、結局働かせてしまっているな」

「いいえ、僕も動いている方が落ち着くので」

こういう性分なんですと笑って、リュイは豆を水に浸した。ちょうど沸いたお湯でお茶を淹《い》れながら、のんびりと話す。

「僕の母も、いつも動き回っている人でした。とても明るくて優しくて、料理上手で……。このお茶も、母が昔教えてくれたものなんです」

「……確か、病気で亡くなったんだったな」

先日カガリが来た時にリュイが話したことを覚えていたのだろう。気遣うような声で聞くレオンに頷いて、リュイは言った。

「三年前でした。医者だった父は、特効薬に使うラハナを探し回ったんですが、手に入れることができなくて……。母が亡くなったのは、父がラハナを探して旅立ったすぐ後でした」

「……っ、じゃあまさか、君のお父上は……」

「……そのまま、帰ってきていません」

力なく笑って告げたリュイは、どうぞ、とお茶を淹れたカップをレオンに差し出す。

いつもならすぐにありがとうと微笑むレオンは、しかしリュイの言葉にショックを受けた様子で呟いた。

「そうか。君がここにいるのは、お父上を待っているからなのか……」

「……はい」

頷いたリュイは、レオンの向かいに座って打ち明けた。

「本当は、薄々分かっているんです。三年も音沙汰がないのは、いくらなんでもおかしいって。……父の身になにかあったとしか考えられないって」

お茶の入ったカップを、両手できゅっと握る。じんわりと伝わってくる温もりに縋《すが》るように、リュイは続けた。

「父は、とても母を愛していました。二人は家族に結婚を反対されて、駆け落ちしてこの森にこの家を建てたそうです。そんな父が、母を見捨てたとは思えない。でも、だとしたら父は、もう……」

「……リュイ」

「……すみません、こんな話をして。おかしいですよね。もう三年も経つのに、いつまでも父を信じて待っているなんて」

いつの間にか重い話になってしまったことを反省しつつ、精一杯笑みを浮かべながら言ったリュイだったが、その時、カップを持つ手にレオンがそっと手を重ねてくる。

ずっと彼に触れることを避けていた、緑色の斑紋の浮かぶ右手に触れられて、リュイはびくっと震えてしまった。

「……おかしくなんかない」

「レ、オン、さん……」

「もう、じゃない。まだ、三年だ。大切な家族のことを信じたいと思うことも、いつまでも待ちたいと思うことも、なにもおかしくないよ、リュイ」

「……っ」

思ってもみなかった言葉に、リュイは大きく息を呑む。

と、同時に、じわっと一瞬で目頭が熱くなり、ぽろりと涙が零れ落ちた。

「あ……、ち、違、これ……、……っ」

意図せず泣いてしまったことに狼狽え、レオンの言葉で傷ついたわけではないと伝えようとしかけたリュイは、途中で彼にはこの涙が見えていないことに気づき、言葉を呑み込む。

しかし、リュイの不自然な態度でレオンは気づいてしまったらしい。つい、と手を伸ばし、リュイの頬をそっと指の背で撫でて言う。

「大丈夫だよ、リュイ」

「……っ」

「君のお父上は、きっと無事だ。なにか事情があって帰れないだけで、きっといつかここに、君の元に帰ってくる。だから、泣かないでくれ。君が泣くと、私もつらい……」

そう言ったレオンが、優しくリュイの涙を拭う。

目を閉じたまま、まるで彼自身が傷つけられたかのように悲しげな表情を浮かべるレオンに、リュイはぽろりと、先ほどとはまた違う感情の涙を溢れさせた。

(……どうしよう。僕、この人のことがすごく、……すごく、好きだ)

新しい涙に気づいたレオンが、ああ、と焦ったような声を上げ、懸命にリュイの頬を拭ってくれる。

自分の方がよほどつらそうな表情で、そっと優しく、優しく頬を撫でてくれるレオンをじっと見つめて、リュイは急速に膨れ上がる彼への感情を懸命に自分の中に押しとどめようとした。

この気持ちを、彼に告げるわけにはいかない。

自分は、人間ではないのだから。

（でも……、でも、レオンさんなら、僕の本当の姿を知っても、僕の気持ちを知っても、気持ち悪がらず友達でいてくれるんじゃ……？）

自分にも相手にもどうにもできない理由に逃げるな、と言っていたフラムの言葉が思い浮かぶ。

人間ではないこと、魔物とのハーフであることを理由にこの想いを押し殺すことは、レオンを信用していないことになるのではないか。

彼なら、他ならぬレオンなら、自分の気持ちを誠実に受けとめて、きちんと答えを返してくれるのではないだろうか――。

（……っ、僕……）

膨れ上がった想いを、リュイが堪えきれず口にしようとした、――その時だった。

「リュイ！　リュイ、いるか⁉」

表から、フラムの声が聞こえてくる。

焦ったようなその声に、リュイは驚いて立ち上がった。

「フラム？　すみません、レオンさん、ちょっと表を見てきます！」

「ああ、私も行くよ」

さっと表情を変えたレオンも立ち上がり、玄関へと向かう。

レオンと共に外に出たリュイは、先ほど帰ったばかりのフラムに問いかけて、大きく目を瞠った。

「フラム、どうし……、この子……！」

フラムの腕には、ゴブリンの男の子が抱えられていたのだ。

ぐったりとフラムにもたれかかり、苦しそうに目を閉じて呼吸を荒らげているその子の緑色の肌には、ほんの数カ所ではあるものの、赤い発疹が浮かんでいて——。

（母さんと同じ病気だ……！）

すぐに気づいたリュイだったが、その時、フラムの陰からもう一人、大人のゴブリンが顔を出す。

「……っ、人間⁉　騙したわね、ウェアウルフ……！」

「痛っ！　違うって！　リュイは薬草に詳しいんだよ！」

どうやら彼女は、このゴブリンの子供の母親らしい。リュイとレオンを見るなり血相を変えた母親が、フラムの腕から我が子を取り戻そうとする。

落ち着けって、と母親をなだめながら、フラムが手短に状況を説明した。

「帰り道にこのゴブリンの親子に出くわしてさ。なんでも、急に子供が苦しみ出したらしいんだ。それで、リュイに診せようと……」

「返して！　私の子を返せ！」

半狂乱で暴れる母親を、リュイは懸命になだめようとした。

「落ち着いて下さい、お母さん。その子はすぐに治療しなければ、命が危ない状態です」

「……っ、あなたになにが分かるのよ！　医者なの⁉」

「僕は医者ではありません。でも……」

「医者じゃないなら、適当なこと言わないで！」

どうにか母親を落ち着かせようとしたリュイだったが、暴れる母親の手が眼前に迫る。

（ぶつかる……！）

思わず息を呑み、目を瞑ったリュイだったが、直後、サッと広い背中が二人の間に割り込んだ。

「……落ち着いて、私たちの話を聞いて下さい」

母親の手を自身の胸元で受けとめたレオンが、そっと彼女の手首を摑んで言う。

「あなたが冷静にならなければ、子供は助からない。ここにいるリュイは医者ではありませんが、薬草に詳しく、薬の調合ができます。彼は、あなたの子供の病気について知っている。

……そうだな、リュイ」

「あ……、は、はい」

話を振られて、リュイは慌てて彼の背から出て母親に告げた。

「お子さんがかかっているのは、ゴブリン特有の病気です。放っておけばこの発疹が全身に広がり、やがて死に至ります」

剣呑な目でレオンを睨んでいた母親が、リュイに視線を移す。じっとこちらを見つめてくる彼女に、リュイは懸命に説明した。

「この病を治療するには、ラハナの花弁が必要です。僕は、その花弁を乾燥させたものを持っています。煎じて飲ませれば、この子は助かります」

「……本当に？　本当にあなた、ラハナの花弁を持っているの？」

驚いた様子で、母親が聞いてくる。

彼女も、ゴブリン特有の死病のことは知っていたのだろう。その病に効く特効薬に使われるラハナの花弁が、とても手に入りにくいものだということも。

信じられないと言いたげな彼女を見つめ返して、リュイは頷いた。

「はい、僕はここで薬草を育てて、それを売って生活しているんです。もちろん、花弁だけお渡しすることもできますが、この病気は一気に進行します。今すぐここで治療した方が、回復も早いはずです」

「…………」

説明するリュイに、母親はしばらく無言だった。だが、やがて突然ハッとした顔つきになり、まじまじとリュイを見つめて呟く。

「っ、あなた……」

だがその時、フラムの腕の中で子供が苦しそうな呻き声を上げる。

サッと表情を強ばらせた母親は、まだ少し迷うような表情を浮かべつつもリュイに告げた。

「……分かりました。疑って申し訳ありませんでした。どうか、この子を助けて下さい。お願いします」

「っ、はい、必ず……！　フラム、中に運んで。僕のベッドに寝かせてあげて」

おう、と答えたフラムが家の中に入っていく足音を聞いて、レオンが言った。

「リュイ、私になにか手伝えることは？　なんでも言ってくれ」

「ありがとうございます。じゃあ、水を多めに汲んでおいてもらえますか？　薬を飲ませるととても汗をかくので、こまめに体を拭いてあげないといけないんです」

分かった、と頷いたレオンが、足早にその場を去る。

リュイは残された母親に行きましょうと声をかけて、彼女を居間へと案内した。

「症状が落ち着くまでは、感染の危険があります。お母さんはこちらで待っていて下さい。ひと通りの処置が済んだら、状況を聞きますから……」

「待って。一つだけ、確認させて」

早速ラハナの花弁を取りに行こうとしたリュイを、母親が呼びとめる。

足をとめたリュイに、彼女は緊張した面もちで聞いてきた。

「あなた……、もしかして、シシィの子なの……？」

「え……」

懐かしいその名前に、リュイは大きく目を瞠った。

――シシィ。

それは、三年前に亡くなった、リュイの母の名だったのだ――。


遠くに見える丘に駆け上がったゴブリンの子供――、キリリクが、ぶんぶんと大きく手を振る。

その後には、付き添いのフラムとキリリクの母、ネイシャの姿があった。

「よかった。もうすっかり元気そうだ」

呟いて手を振り返したリュイの隣で、レオンが苦笑して言う。

「昨日なんて、元気が有り余ってベッドで飛び跳ねていたよ。仕方ないからラムタラに乗せてやったが、ラムタラもラムタラで走り回りたくて仕方ないから、制御するのが大変だった」

まあフラムに任せたけれどね、と肩をすくめるレオンに、リュイは笑ってしまった。

「それで昨日、フラムがげっそりしてたんですね」

弟妹の多いフラムは、回復したキリリクの遊び相手をよく買って出てくれて、すっかり懐かれた様子だった。

キリリクに追いついたフラムが、せがまれて肩車をしてやっているのを見て、リュイはふふ、と笑みを零した。

——フラムがリュイの元にキリリクを連れてきて、一週間が経った。

幸い、発症後すぐに特効薬を飲ませることができたため、キリリクはほどなくして快方に向かい、命を取り留めた。

母親のネイシャが感染している可能性もあったため、一応数日間滞在してもらって様子を見たが、どうやらその恐れもなさそうなので、今日二人送り出すことにしたのだ。

(ネイシャさんも無事でよかった)

丘の上まで上がり、こちらを振り返って深くお辞儀をする彼女に頭を下げ返して、リュイはほっと胸を撫で下ろした。

ネイシャは、リュイの母であるシシィの幼なじみだということだった。

『シシィは、私たちの一族の長《おさ》の一人娘だったの。だから彼女が人間に恋をした時、里は大騒ぎだったわ。長は当然許してはくれなくて、彼女は仕方なく駆け落ちを……』

一通りキリリクの処置を終えた後、リュイはネイシャと二人きりで彼女の話を聞いた。

母のこと、祖父のこと、ゴブリンの里のこと――。

『シシィはとても魔力の強い子だった。彼女はあなたのお父さんと駆け落ちする時、私に魔力を込めた花をくれたの。彼女の魔力で咲き続ける花をね。……でも、その花は三年前、突然枯れてしまった』

『……母は三年前、亡くなりました。キリリクくんがかかったのと同じ病で……』

リュイがそう告げると、ネイシャは頷いて言った。

『そうじゃないかと思ったわ。……実は、花が枯れた直後、あなたのお父さんが里に来たの』

『え……』

目を瞠ったリュイに、ネイシャは強ばった表情で続ける。

『もしかしたら私たちの里にならラハナの花弁があるんじゃないかと訪ねてきたみたい。でも、花が枯れたことを知った直後で取り乱していた長は、ひどいことを言ってあなたのお父さんを追い返してしまった』

『……っ、じゃあ父さんは、母さんが亡くなったことを知って……』

これまでずっと行方の分からなかった父の消息の手がかりに、リュイは茫然とする。

おそらく父は、母の死を知って絶望し、そのまま姿を消してしまったのだ――。

『長は、あなたのご両親にしたことや、お父さんに言ってしまった言葉をずっと悔いているわ。いつか謝りたい、娘の墓に手を合わせたい、とよくそう零している。……リュイ、長にあなたのことを話してもいい？』

ネイシャの問いかけに、リュイはすぐには答えられなかった。

だが昨夜、里に帰る前にもう一度話がしたいとネイシャに告げて、長に自分のことを話してほしいと答えたのだ。

自分も祖父に会ってみたい。母の話を、そして父の話を聞きたい、と。

（ネイシャさんは、長に話をして、またここに来てくれるって言っていた。……もしかしたら祖父に、会えるかもしれない）

祖父が両親にしたことを思うと、複雑ではある。だが、ネイシャの話では祖父も後悔しているということだったし、血の繋がりがある人なら会ってみたい。なにより、祖父が話をした時の父の様子を聞きたい。

（三年前のことだから、父さんの行方までは分からないかもしれない。でも、なにか手がかりになることがないか、詳しく話を聞きたい……）

きっと祖父も、駆け落ちした後の母の話を聞きたいと思っているだろう。母が幸せだったこと、自分をとても愛してくれていたことを伝えたいと、丘の向こうに消えていくネイシャたちの背を見送って、リュイは隣に立つレオンに声をかけた。

「中に入りましょうか、レオンさん。今日は一日ゆっくりしましょう」

まだ陽が高いけれど、この一週間で細々した家事などが溜《た》まっている。今日はそれを片づけるだけにしておこうと思ったリュイに、レオンも賛成してくれた。

「そうだね。私はともかく、君は看病続きで疲れただろう。家のことは私がやるから、君は休んでいて」

「ありがとうございます。でも、二人でやった方が早いですよ。終わったら一緒にお昼寝しましょう」

「……それは魅力的な提案だな」

「でしょう？」

くすくす笑って、リュイはレオンと共に居間へと戻った。

見送り前にお茶をしていて出しっ放しになっていたカップを流しへ運び、レオンに洗ってもらっている間にキリリクたちが使っていた寝室を片づける。

（……レオンさんがいてくれて、本当に助かったな）

シーツを替えながら、リュイはこの一週間のことをしみじみ思い返した。

リュイがキリリクの薬の調合をしている間、レオンは動物たちの世話や食事作りなど、見えなくてもできる範囲の家事を積極的にやってくれた。

それだけではない。彼はキリリクの遊び相手のみならず、不安がるネイシャの話し相手までしてくれていたのだ。最初はレオンのことを人間だからと警戒していたネイシャも、こんな人間がいるのねとすっかり考えを改めていた。

（……やっぱり僕、レオンさんが好きだ）

まとめた洗濯物を抱えて、リュイは居間へと戻った。丁寧に食器を濯《すす》ぐ彼の背を見つめていると、久しぶりに二人きりだということを意識して、自然と鼓動が速くなってしまう。

（今夜ゆっくりできそうだったら、話してみようかな。……僕が、本当は人間じゃないって）

レオンの視力はじょじょに戻りつつあり、昼間ならば物の形がぼんやりと捉えられるようになっているようだ。まだ色の識別は難しいらしく、リュイの右半身がところどころ緑色だということは視認できていない様子だが、二、三日もすれば違和感を覚え始めるだろう。

レオンがこの家に来た当初は、彼がある程度物が見えるようになったら、自分がゴブリンの血を引いていることに気づく前に、町の近くまで連れていこうと思っていた。

だがレオンなら、自分が魔物とのハーフだと分かっても、今まで通り接してくれるかもしれない。フラムやキリリクたちともわだかまりなく接している彼なら、リュイが何者であっても気にしないでくれるかもしれない。

（もし……、もしもレオンさんが、僕が人間じゃないって知っても嫌悪感がなさそうだったら、その時は……、好きだって言いたい）

受け入れられなくてもいい。たとえ彼と想いが通じ合わなくてもいいから、彼に気持ちを伝えたい。

もし彼と出会わなければ、自分は誰かにこんな気持ちを抱くことは一生なかったかもしれない。こんな気持ちを教えてくれてありがとうと、誰かを特別に想うことができた自分を前よりも好きになれたと、そう言いたい。

きっと彼なら、自分に恋愛感情を抱けなかったとしても、友達でい続けてくれる――。

（……うん、そうしよう）

臆病な自分を奮い立たせ、そう心に決めると、リュイは食器を片づけるレオンに歩み寄った。

「ありがとうございます、レオンさん。あとは僕が片づけます」

「ああ、リュイ。大丈夫、もう終わるよ」

にっこり笑ったレオンが、拭き終えたカップを棚にしまいながら、しみじみと言う。

「しかし、ぼんやりでも物が見えるのは本当にありがたいな。できることが格段に増える」

「この一ヶ月、本当に大変でしたよね。それなのに、あれこれ手伝って下さって、本当にありがとうございました」

お礼を言ったリュイに、レオンが苦笑して言う。

「少しでも君の力になりたかったんだ。だが、かえって迷惑をかけたことの方が多かった気がするよ」

「そんなことないです。あの、キリリクくんたちのことも、ありがとうございました。レオンさんがキリリクくんやネイシャさんのそばにずっといてくれたから、安心して薬の調合ができました」

改めて彼に感謝したリュイだったが、レオンの返事は思いがけないものだった。

「……すまない、リュイ。実はあれは、万が一に備えてのことだったんだ」

「え……？　万が一、ですか？」

バツの悪そうな表情を浮かべたレオンの言葉の意味が分からず、リュイは問い返す。

ああ、と頷いたレオンが、少し緊張した様子で言った。

「誤解しないでほしい。私もう、彼らが危険な存在ではないことは理解しているつもりだ。フラムのことも、いい奴だと思っている。……だが、彼らが魔物であることは、事実だ」

「……っ」

レオンの一言に、リュイはサッと顔を青ざめさせた。

指先から一気に血の気が引いていく――。

リュイが身を強ばらせたのが分かったのだろう。レオンが懸命に言い募る。

「こんなことを言ってすまない、リュイ。だが、分かってほしい。私は彼らのことを差別する気はない。しかし、彼らは自分の意思とは関係なく、魔力で操られてしまう。魔王が倒されたとはいえ、彼らが突然狂暴化する可能性は、ゼロではないんだ」

「……だから、キリリクくんとネイシャさんのそばにいたんですか？　もしかしたら、彼らが狂暴化するかもしれないから……」

呟いたリュイに、レオンが頷く。

「ああ。だがもちろん、彼らのことが心配だったのも事実だ。今更こんなことを言っても、信じられないかもしれないが……」

リュイが自分の発言にショックを受けているのを察しているのだろう。そう言ったレオンが、ぐしゃぐしゃと自分の髪を搔き混ぜて唸る。

「ああ、なにを余計なことを言っているんだ、私は。すまない、リュイ。君を嫌な気分にさせたいわけじゃないんだ。ただ、私は君にだけは嘘をつきたくなくて……」

「……レオン、さん」

懊悩《おうのう》するレオンを前に、リュイは少し冷静さを取り戻す。

――レオンには本当に、魔物を差別する気持ちはないのだろう。彼が本心からキリリクやネイシャを心配してそばにいてくれたことは、今までの彼を見ていれば分かる。

その上で、ただ可能性の問題として、魔物を警戒しただけだということも。

(でも……、でも、レオンさんにとって、魔物はやっぱり魔物、なんだ)

頭では分かっていても、どうしてもその気持ちが拭えなくて、リュイは俯いてしまった。

たとえ差別する気持ちがなくても、レオンにとって魔物は人間とは『違う』のだ。

彼にとって魔物は、――リュイは、彼自身とは異なる生き物なのだ――。

「……リュイ」

「……大丈夫ですよ、レオンさん。レオンさんが魔物を差別しているわけじゃないことは、僕も分かっていますから」

気遣うように声をかけてくるレオンに、リュイは笑いかけた。内心の動揺を悟られないよう、努めて明るい声で言う。

「話してくれて、ありがとうございます。気を遣わせてしまってすみません。駄目ですね、僕。レオンさんが一番にキリリクくんたちのことを心配してくれてるのなんて、ちゃんと分かってたはずなのに……」

「……っ、リュイ……」

苦笑してみせたリュイに、レオンがぐっと眉を寄せる。

見えない目を眇《すが》めた彼は、きつく拳を握りしめて呟いた。

「一番じゃ、ない」

「え……」

「私が一番気にかけていたのは、……心配していたのは、君だ」

迷いを振り切るように顔を上げたレオンが、一歩、二歩と、リュイに歩み寄ってくる。

茫然と立ち尽くすリュイをふわりと抱きしめて、レオンは苦しげな声で告げた。

「……君が好きだ、リュイ」

「レ、オン、さ……」

「私は君をどうしても守りたかった。君のことを、愛しているから」

聞こえてきたその言葉に、リュイの頭は真っ白になってしまう。

（愛して、いる？　……僕を？）

何度も瞬《まばた》きを繰り返しても、これは夢ではないかという思いが消えない。

今聞こえてきた言葉は、自分に都合のいい、ただの願望なのではないか――。

「……リュイ」

黙り込んだリュイに、レオンがそっと声をかけてくる。

「突然すまない。嫌だったか……？」

「え……、あ、え……？」

問いかけられて、リュイは戸惑った。

（嫌って、なにが……）

好きだと言われたことだろうか。それとも、抱きしめられていること――、と考えかけて、
リュイは我に返った。

抱きしめられている。

自分は今、レオンに抱きしめられている――……。

「あ……、い、嫌じゃ……、嫌じゃ、ないです、けど……っ」

状況を認識した途端、カーッと頬に熱が上って、リュイはしどろもどろに答えた。

「は……、離して、下さい……っ」

「……嫌じゃないのに？」

上擦《うわず》ったリュイの声で、脈ありと踏んだのだろう。くすりと笑ったレオンが、一層ぎゅっと強く抱きしめてくる。

「あ、わ……っ、う、うわ」

「……リュイ、君に話しておかなければならないことがある。私の正体についてだ」

「え……」

服越しに伝わってくるレオンの温もりや、あたたかな香りに慌てていたリュイは、聞こえてきたレオンの一言にぴたりと動きをとめた。

(正体……、僕じゃなく、……レオンさんの？)

おとなしくなったリュイを抱きしめたまま、レオンが打ち明ける。

「……私の本当の名は、レオンハルト・フロイデンタール。この国の、第二王子だ」

「……っ、王子……？」

思いもよらない一言に、リュイは目を瞠る。ああ、と頷いて、レオンがゆっくりと話し出した。

「私は兄のルーカスに命を狙われ、君に助けられた。兄は、姉が次の王になるのに反対しているんだ。……私は姉の味方をしている」

レオンの言葉に、リュイは彼がここに来た時のことを思い出す。

あの時彼は、生まれは誰にも選べないと言っていた。誰しもそれぞれ背負った境遇で、精一杯生きるしかない、と。

あれは、王座を巡って争う二人への思いだけではなく、彼自身が感じていたことでもあったのだ——。

リュイを抱きしめたまま、レオンが続ける。

「今まで私は、この国のためにも、城で父や姉を支えて生きていかなければならないと思っていた。だが、君と出会って、城の外でもできることがあるのではないかと思うようになった。この国を支えてくれている、リュイのような善意ある人たちのために、なにかできるのではないか、と」

そっと腕を解いたレオンが、じっとリュイを見つめてくる。

一瞬、自分の顔が彼の目に映ってドキリとしたリュイだったが、レオンはやっぱり見えないな、と悔しそうに呟くと、リュイの頬をそっと指の背で撫でて言った。

「見えなくなって初めて、私はこの国のことが見えたような気がする。それを教えてくれたのはリュイ、君だ」

「レオンさん……」

「君がこれからもずっと、ここで一人でお父上を待ち続けると思うと、たまらない気持ちになる。君さえ許してくれるなら、私はずっと君のそばにいたい。君のことを、愛しているから」

優しく穏やかな声で再度想いを告げたレオンが、そっと問いかけてくる。

「……リュイ、君は私のことが嫌い？」

「っ、それ、は……」

言葉に詰まったリュイに、レオンがふっとわずかに苦笑して言う。

「すまない、少し意地の悪い聞き方だった。だが、君も私に好意を持ってくれているというのは、私の自惚《うぬぼ》れだろうか。……君も私と同じ想いだと、そう思ってはいけないだろうか」

じっと、見えないはずの自分を見つめて囁《ささや》くレオンに、リュイは身を強ばらせた。

「僕、は……」

震える唇を必死に開き、自身に言い聞かせる。

（……言わないと。僕はあなたのことは好きじゃないって。……ただの、友達ですって）

彼は、王子なのだ。半分とはいえ、魔物の血を引く自分が釣り合う相手ではない。

好きだなんて、自分も同じ気持ちだなんて、到底告げていい相手ではない――。

（……でも、今なら、彼に愛してもらえる。彼が僕のことを人間だと思っている、今なら）

今ここで、自分が正体を隠して彼の気持ちに応えれば、ひと時だけでも恋人にしてもらえる。ずっと憧れていた、ずっと欲しかった愛を、もらえるのだ。

（っ、駄目だ、そんなこと。そんな、レオンさんを騙すようなこと……！）

誘惑に飛びつきそうな自分を懸命に戒めて、リュイはぎゅっと自分の服を握りしめた。

レオンは、きちんと自分の正体を告げた上で、気持ちを伝えてくれている。

そんな誠実な彼を騙すようなこと、してはいけない。

（ちゃんと、言おう。僕は、人間じゃないんですって。あなたとは違う生き物なんですって）

だから、あなたの想いには応えられない。

僕はあなたのことを、好きじゃない。

そう言おうと唇を開いて、リュイは――、ぐしゃりと顔を、歪ませた。

（……言えない）

たとえ嘘でも、言えない。

レオンのことを好きじゃないなんて、ただの友達だなんて、どうしても言えない――。

「……っ」

「……リュイ？」

ぼろぼろと、声もなく泣き出したリュイに気づいたレオンが、そっと涙を拭ってくれる。

「すまない、困らせるつもりは……」

「っ、違う……！　僕……っ、僕も、……っ、僕もあなたのことが、好きなんです……！」

どうしても、どうしても堪えられなくて、リュイはそう叫んでいた。

驚いたように息を呑むレオンに抱きつき、唇を重ねる。

――ごめんなさいと、心の中で何度も謝りながら。

「……っ、リュイ」

「好きです……っ、レオンさん、好き……！　大好きです……！」

キスの度に、ナイフで裂かれるように胸が痛む。

身勝手で、狡《ずる》い自分が嫌で、嫌で、申し訳なくて。

それでももう引き返すことができなくて、リュイはぎゅっとレオンにしがみつくと、必死に懇願した。

「っ、抱いて、下さい。僕をレオンさんのものにして下さい……！」

「……っ」

「お願いします、レオンさん。お願い……！」

もう、時間がない。

彼に愛してもらえるのは、きっと今日だけだ。

明日になれば彼の視力は、今よりもっと回復してしまう。

自分のこの緑色の斑紋に彼が気づく前に、一度だけでも彼に愛されたい――。

「……待ってくれ、リュイ。落ち着いて」

リュイのあまりの勢いに呑まれていたレオンが、戸惑ったように言う。

「君にそう言ってもらえるのは嬉しい。だが、私はまだ視力も完全には戻っていないし、第一いきなりそういうことは……」

「嫌ですか？　レオンさんは、僕とそういうこと、したくないですか？」

「……っ、それは……」

思わずといった様子で言葉に詰まったレオンが、そっとリュイを抱きしめてくる。

その長い腕でリュイを包み込んだ彼は、少し困ったように苦笑して言った。

「もちろん、したいよ。でも、リュイは私でいいの？　初めてだろう？」

「……初めてだから、レオンさんがいいんです」

ぎゅっとレオンの胸元にしがみついて、リュイは呟いた。

「今がいい。今日がいいんです。明日になったらきっと……、きっと、恥ずかしくてできないから」

辿々《たどたど》しくついた嘘の理由は、けれど優しい恋人には本物に聞こえてくれたらしかった。

「……それは困るな。なら、本当に今から君を愛してもいい？」

くすくすと笑ったレオンが、そっとリュイの手を取る。

人間とは違う、緑色の指先にくちづけた彼がじっとこちらを見上げてきて、リュイは思わずその美しい青い瞳に映った自分から目を――、背けた。

「……はい。僕を、愛して下さい」

ありのままの自分を受け入れてもらいたいとは、望まない。

だからせめて、今だけは。

あなたの目にすべてが映ってしまうその前に、あなたに愛されたい——。

「もちろん、愛しているよ、リュイ」

優しくリュイを抱き寄せたレオンが、囁きと共に唇を寄せてくる。

落ちてくる甘いキスを受けとめながら、リュイはじくじくと痛む心にぎゅっと、きつく目を閉じたのだった。

まだ明るい寝室のカーテンを閉めて、リュイはこくりと緊張に喉を鳴らした。背後のベッドから聞こえてくる、レオンが服を脱ぐ衣擦《きぬず》れの音に、思わず肩がびくりと跳ねてしまう。

「……っ」

今更ながらに、なんて大胆なことをしてしまったのだろうという羞恥《しゅうち》と、本当にこれでよかったのかという躊躇いが押し寄せてきて、リュイは強ばる手でぎゅっとカーテンを握りしめた。

本当にこのまま、レオンに真実を打ち明けなくていいのだろうか。

レオンは自分を人間だと思って、想いを寄せてくれている。

その彼に正体を告げないまま愛してもらうのは、彼を騙すようなものではないか——。

(……ううん、『ようなもの』じゃない。僕は、彼を騙すんだ)

込み上げる罪悪感に、リュイは唇を引き結ぶ。

自分は今から、自分の身勝手でレオンを傷つけるのだ。

そのことから、目を背けてはいけない——。

「……リュイ」

と、その時、レオンが背後から声をかけてくる。振り返ったリュイは、逞しい上半身を露《あら》わにしたレオンの姿にサッと頬に朱を上らせた。

うろうろと視線を迷わせるリュイには気づかない様子で、歩み寄ってきたレオンがそっと手を伸ばしてくる。長い腕でリュイを包み込んだレオンは、少し困ったような、けれどどこまでも優しい声で問いかけてきた。

「やっぱり、また今度にしようか。私は君の心づもりができるまで待てるから……」

リュイの緊張を感じ取って、心配してくれているのだろう。

リュイは、頬に触れるなめらかで熱い、広い胸元に泣き出してしまいそうな衝動をぐっと堪えると、懸命に平静さを装って答えた。

「……ありがとうございます、レオンさん。でも、僕なら大丈夫です」

「リュイ、だが……」

「少し緊張してしまっただけです。だから、やめるなんて言わないで下さい」

どうしても強ばってしまう表情が彼に見えていないことにほっとしながら、レオンから身を離す。

震える手で上衣を脱ぎ、髪を解いたリュイは、おずおずとレオンに告げた。

「……抱いて下さい」

「……リュイ」

申し訳なくて、すべてが明るみに出た時のことを思うと怖くて、それでも彼に愛してもらえるのは今日限りだと思うとどうしても、どうしても抑えられなくて。

(ごめんなさい……、ごめんなさい、レオンさん)

心の中で何度も謝りながら、リュイはレオンにそっと身を寄せ、彼の熱い体を抱きしめて言った。

「あなたに、レオンさんに愛されたい。……僕を、愛して下さい」

——できることなら、叶《かな》うことなら、本当の自分を。

ありのままの自分を、愛してほしかった——。

「リュイ……？　……っ」

リュイの様子がおかしいことに気づきかけたレオンに、急いで伸び上がってキスをして、彼を押すようにしてベッドにもつれ込む。

「ん、は……っ、レオンさん……っ」

「……っ、リュイ、待ってくれ。少し落ち着いて……」

ベッドに倒れ込んだレオンが、自分の上に乗り上げ、がむしゃらに唇を押し当てるだけの拙《つたな》いキスを懸命に繰り返すリュイをなだめようとする。

戸惑いの滲むその声に、リュイは必死に頭を振った。

「嫌です、もっと……っ、ん、んんっ、もっと、キスしたい……っ」

「それはもちろん、私も同じだよ」

ふ、と優しく笑ったレオンは、リュイの焦りの理由を経験のなさだと思ってくれたらしい。

リュイの頰を親指の腹でさらりと撫でた彼が、悪戯《いたずら》っぽく苦笑して言う。

「……だが、今のやり方だと少し痛いかな」

「あ……っ、ご、ごめんなさ……、……っ」

ハッと我に返って謝り、反射的に顔を離したリュイだったが、皆まで言う前にレオンに優しく頭を押さえられ、唇を塞がれる。

自分のやり方とはまるで違う、やわらかく吸って唇を解かせ、開いた隙間からするりと潜り込ませた舌で舌先を甘くくすぐるキスに、リュイは思わずぎゅっと目を瞑《つむ》ってしまった。

「……っ、ん……っ、んんん……！」

「私は平気だけれどね。でも、君の唇が後で腫《は》れてしまったら大変だから」

くすくすと笑ったレオンが、くるりとリュイと体の位置を入れ替える。驚いて目を瞠ったリュイの目の前で、レオンがにっこりと微笑んだ。

「だから、キスもなにもかも、今日は私に任せて」

「え……、え、……っ、ん……！」

あっという間の出来事にぽかんとしている隙にキスが再開されて、リュイはますます混乱してしまう。

「んん……っ、は、ん……、レオン、さ……、んんっ」

本格的に忍び込んできた熱い舌に粘膜のあちこちをくすぐられる度、今まで知らなかった感覚が込み上げてくる。

むず痒《がゆ》いような、焦《じ》れったいようなその感覚をうまく受けとめられず、怯えて身を強ばらせたリュイに、レオンはくちづけの合間に幾度もなだめるように囁きかけてきた。

「ん……。リュイ、好きだよ。君を、愛している」

「っ、レオンさ……、んん……っ」

その言葉が嬉しくて、つらくて、どうしようもなく切なくて。

リュイはぎゅっとレオンを抱きしめると、懸命にキスに応えながら言葉を返した。

「僕も……、ん、ん……っ、僕も、好きです……っ、レオンさん、好き……！」

「……リュイ」

嬉しそうに名を呼んだレオンが、一層深くくちづけながら言う。

「ん……、約束する。私はずっと、……ずっと、君のそばにいるよ」

「レオンさ……、んんっ」

搦《から》め捕られた舌をきつく吸われて、リュイは下肢にじんと走った甘い痺《しび》れに、きゅっと爪《つま》先《さき》を丸めた。

（これ……、これ、気持ち、いい……）

慣れない感覚はまだ少し怖いけれど、それ以上にレオンのやわらかい唇や少し荒い吐息、熱い舌や、優しく肩や腕を撫でてくる大きな手にドキドキしてしまって、体の中心にどんどん熱が集まってくる。

もじもじと下肢を擦り合わせるリュイに衣擦れの音で気づいたのだろう。レオンがちゅるりと蜜を吸ってそっと聞いてくる。

「……キス、気持ちいい？」

「ん……、はい、気持ち、い……」

ちゅう、ちゅ、と幾度も唇を啄《ついば》まれ、とろんと夢見心地で答えたリュイに、よかった、と微笑んだレオンが、熱の滲む声で囁きかけてくる。

「ここに、触れても？」

「……っ」

兆し始めたそこを指の背でそっと撫でられて、リュイは小さく息を詰めてこくりと頷いた。

「は……、はい。……触って、下さい」

緊張に身を強ばらせるリュイの頬にキスを落として、レオンが言う。

「そっとする。優しくするけれど、嫌だったり痛かったりしたらすぐに教えて。君に我慢される方が、私はつらいから」

いいね、と心配そうに言ってくれるのが嬉しくて、リュイははい、と幾度も頷いた。

（……ああ、僕、やっぱりこの人のことが好きだ。とても、……とても、好きだ）

リュイの舌を甘く喰《は》みながら、レオンが指先でするりとそこを撫で上げる。すぐに芯を持った膨らみを衣越しに長い指ですりすりとさすられて、リュイはたまらずレオンにぎゅっとしがみついた。

「は……っ、ん……！　あ、あ、あっ」

自慰とはまるで違う、もっと濃密で熱い快感に、堪えきれない声が零れてしまう。恥ずかしくて、気持ちよくて、少し怖いのにもっとしてほしくて、リュイは息を乱しながら、ぴくっぴくんっと身を震わせた。

「ん、ん……っ、あ、んんっ、んっ」

「……悔しいな。こんな時に、君の顔を見られないなんて」

リュイとは正反対の気持ちでいるのだろう。呟いたレオンが、リュイの熱をその大きな手ですっぽりと包み込む。

広い胸に抱きしめられながら唇をやわらかく吸われ、敏感なそれを優しく擦《こす》り立てられて、リュイはすっかりレオンのくれる快楽に溺《おぼ》れてしまった。

「んうっ、あ、あっ、んんっ、レオン、さ……、……っ、そんな、とこ……っ」

布越しに爪を立てたレオンが、先端の小孔をカリカリと引っかく。

今まで体を洗う時以外、触ったこともないようなところがもたらす鮮烈な快感に、リュイがびくびくと肩を跳ねさせると、レオンが少し愛撫《あいぶ》の手をゆるめて聞いてきた。

「リュイ、もしかして、普段あまり自慰はしない？」

「ん……っ、は、はい。なんだかその、怖くて……」

自分が自分でなくなるような感覚が少し怖かったし、今まであまりそういった欲を覚えたことがなかったため、自慰はほとんどしたことがない。

リュイがそう打ち明けると、レオンは少し思案するように沈黙した後、そっと問いかけてきた。

「……そうか。ところでリュイは、男同士でどう愛し合うか、知っている？」

「え……？　えっと……、こ、擦り合う、とか……？」

自分から抱いて下さいと迫ったくせに、具体的なことをなにも想像していなかったリュイは、そう答えてからハッとした。

「あ……、ごめんなさい。僕、されっぱなしで……」

すっかりレオンの愛撫に夢中になって、彼を気持ちよくすることを忘れていた。

慌てて謝ったリュイは、目を閉じているレオンに問いかける。

「レオンさん、僕もその……、レオンさんに触れて、いいですか？」

「…………」

だがレオンは、先ほどより難しい顔つきで黙り込んだまま答えない。

「あの……、レオンさん？」

リュイが再度声をかけると、レオンはようやく我に返った様子で言った。

「ん……、ああ、すまない。……そうだね、私も君に愛されたいな」

優しく微笑んだレオンが、脱いでしまおうか、とリュイの下衣に手をかける。

緊張しつつも腰を浮かせてそれに協力したリュイに、ありがとうと一つキスを落としたレオンは、身を起こして自分の下衣も下着ごと手早く脱いだ。リュイの隣に身を横たえ、向かい合わせになる。

「これならお互い触りやすいだろう。……これからゆっくり、時間をかけて愛し合っていこう、リュイ」

「……?」

何故か苦笑混じりのレオンを少し不思議に思ったリュイだが、触ってくれるかい、と低く甘い声で囁かれて、すぐにその違和感は霧散してしまう。

こくりと喉を鳴らしたリュイは、はい、と小さく囁き返すと、レオンの下肢にそろそろと手を伸ばした。

(……っ、レオンさんの、大きい……)

リュイが触れる前から反応してくれていたそこは、指先でさするとすぐに硬く反り返る。

どんどん増していく熱が自分に欲情してくれている証だと思うと嬉しくて、愛《いと》おしくて、
リュイは両手で包み込んだそれをぎこちなく扱《しご》き立てながら、そっとレオンに問いかけた。

「……気持ちいい、ですか、レオンさん？」

「ああ、とても」

艶《つや》めいた吐息混じりに頷いたレオンが、ちゅ、とリュイのこめかみにくちづけながら聞いてくる。

「私も、君に触れていい？」

「あ……、は、はい」

リュイが頷くと、レオンが嬉しそうに微笑んで、再びリュイのそこを手で包み込む。

「ん、あ……！　んん……っ」

触れられた途端、高い声を上げてしまったことが恥ずかしくて、リュイは慌てて目の前のレオンの唇に吸いついた。

くす、と小さく笑ったレオンが、大丈夫だよと言うようにリュイの唇を啄み、優しく舌を搦め捕って、手の中のものを愛撫し始める。

「ふ、う……っ、ん、ん、んう……」

「ん……、リュイ、……ん、濡《ぬ》れてきたね」

くちゅくちゅとリュイの舌を翻弄していたレオンが、同じ蜜音を立て始めた割れ目を指先でくるくると撫でて、可愛い、と呟く。

褒めるような手つきで敏感な先端を可愛がられ、とろとろと溢れる蜜を発熱したように熱いそこに塗り広げられながら、ちゅうっと疼《うず》く舌をやわらかく吸われて、リュイはぴくぴくっと快感に打ち震えた。

「は……っ、レオン、さ……っ、レオンさんも、濡れてる……」

嬉しい、と呟いたリュイが雄蜜に濡れた手で懸命に扱き立てると、レオンの唇から熱い吐息が漏れる。どくっと力強く脈打った熱茎が一層猛《たけ》り、張りつめたのが分かって、リュイは込み上げる情欲にじわりと瞳を潤《うる》ませた。

レオンが自分の手で感じてくれていることが、自分を受け入れてくれていることが、嬉しくて、だからこそ切ない──。

「ん、あ……！　あんっ、ああっ、レオンさ……っ、も……っ、ああ……！」

根元の膨らみまで優しく揉《も》みしだかれ、促すように強く扱き立てられて、リュイはたまらず甘い悲鳴を上げた。

「リュイ……、っ、私も、もう……！」
ハ、と荒く息をついたレオンが、リュイに覆い被《かぶ》さるようにして、リュイのそれに己自身を重ね合わせる。
握っていて、と低い声で呟き、リュイに両手で二人の熱を包み込ませたレオンは、そのまぐっぐっと力強く腰を送り込んできた。

「ひ、あ……！　や、や、あぁあっ、あ……！」

両手をレオンの雄茎に犯されながら、同時に性器をぐちゅぐちゅと押し潰すように扱き立てられて、リュイはあまりに淫《みだ》らな刺激にあっという間に昇り詰めてしまう。

「ひぅ……！　あ、あ、あ……！」

「……っ」

くっと唇を引き結び、眉間をきつく寄せたレオンが、息を詰める。

最後にぐじゅっと強く腰を押し込んだ彼は、とぷとぷと白蜜を零すリュイの花茎に先端を押しつけて精を放った。

「あ……っ、んんん……！」

びゅっ、びゅうっと直《じか》にレオンの熱蜜を浴びせられて、リュイは長く続く絶頂にびくびくと身を震わせる。

ハ……、と熱い息をついたレオンが、そっとリュイを抱きしめて囁いてきた。

「リュイ、……リュイ、私の、リュリュ」

「……っ」

愛おしそうに紡がれる愛称に、リュイはじんと目頭が熱くなるのを必死に堪えた。

あなたにそんなに大切そうに呼んでもらう資格、自分にはない——。

「愛している、リュリュ」

「レオンさん……、……っ」

僕も、という言葉を告げたくて、……もう告げられなくて、リュイはレオンを抱きしめ返すと、彼の閉じられた瞼《まぶた》にくちづけた。

この目に、自分だけが映らなくなるような魔法があればいいのにと、思いながら――。


見ていたのは多分、幸せな夢だったのだと思う。

淡く儚《はかな》く、いつまでも浸っていたいと思うほどに心地いい、身勝手な夢――。

そんな夢の名残《なごり》にとろとろと微睡《まどろ》んでいたレオンだったが、その時、急にぴちょん、と目になにかが滴《したた》り落ちてくる。

「ん……、なんだ……?」

強制的に覚醒させられたレオンは、ぐっと眉をひそめて呻《うめ》いた。

「……っ」

焦ったように息を呑《の》む気配と共に、もう片方の目がそっと開けられ、またぴちょんと、とろみのある液体を差される。

「なにを……」

「あ、擦《こす》っちゃ駄目です」

思わず目元を擦ろうとした手を摑《つか》まれて、レオンは首を傾《かし》げた。

「リュイ……？」

「……おはようございます、レオンさん」

少し強《こわ》ばった彼の声に、昨夜のことを思い出す。

（ああそうだ、私は昨日、彼と……）

想いが通じ合ったばかりの恋人に笑いかけながら、レオンはその姿を少しでもよく見ようと瞬《まばた》きを繰り返した。

「おはよう、リュイ。……っ？」

だが、どうしてか視界が眩《まぶ》しくてたまらない。昨日は朧《おぼろ》気《げ》ながらも物の形が分かったというのに、今日はなにもかもが真っ白で、明るすぎてとても目を開けていられなかった。

「っ、リュイ、なんだかすごく眩しいんだが……」

たまらず目を瞑《つむ》って呻いたレオンに、リュイが申し訳なさそうに告げる。

「すみません、さっき差した目薬のせいです。昨日はその、僕のせいで差せなかったので、少し薬を調整したんです」

勝手に差してすみません、と恥ずかしそうに謝るリュイに、レオンは手を伸ばした。

「そうだったんだね。私のために、朝からありがとう」

どうやらベッドの上に正座しているリュイは、もう服を着込んでしまっているらしい。

彼のなめらかでやわらかな素肌に触れられないことを残念に思いつつ、レオンは目を閉じたままリュイの膝に頭をのせて微笑《ほほえ》んだ。

「それに、昨夜目薬を差せなかったのは君のせいじゃないよ。私が、君に夢中になってしまったせいだ」

昨日、一度熱を分かち合った後も、リュイは何度もレオンを求めてくれた。

普段大人しい彼の情熱的な一面に驚きつつも、愛してほしいと言う恋人が愛《いと》おしくてたまらず、レオンもつい歯止めがきかずに彼に触れてしまった。

リュイの性知識に合わせて、ゆっくり少しずつ行為を進めていこうと決めたので、最後まではしていないが、時間が経《た》つのも忘れ、深夜までずっと抱き合っていたため、さすがにリュイに無理をさせてしまったかもしれない。

「体は大丈夫？　どこかおかしなところはない？」

手を伸ばして彼の頬を撫《な》でながら聞くと、焦ったような恥ずかしそうな声が返ってくる。

「だ、大丈夫です」

「よかった。……またしようね、リュリュ」

「……っ」

昨夜、ベッドの中で付けたばかりの愛称で呼ぶと、リュイがびくっと跳ねる。おそらく照れているのだろう彼の顔を想像して、レオンはくすくすと笑みを零《こぼ》した。

彼は一体、どんな顔をしているのだろう。

美醜などどうでもいい。どんな顔立ちだったとしても、自分は間違いなく彼を世界一愛おしく思うだろう――。

「早く、君の顔が見たいな」

思わず零れた言葉に、リュイが小さく息を呑む。しばらく迷うような気配の後、リュイはぽつりと呟《つぶや》いた。

「……この薬が切れたら、ほぼ視力は戻っていると思います。完全に戻るには、あと数日かかるかもしれませんが……」

声に少し落ち込むような色合いがあるのは、自分との別れを意識してのことなのだろう。

レオンはリュイの指先をそっと握って言った。

「心配しないで、リュイ。私は君の元に帰ってくる。……必ず」

本音を言えば、ここでずっと彼と二人で穏やかに暮らしていたい。なんのしがらみもないこの小さな家で愛する彼と一緒にいられたら、どんなに幸せだろうと思う。

だが、自分にはやらなければならないことがある。

このまま兄を野放しにはしておけない。

「私の幸せは、君と共にいることだ。すべきことをして、きちんと責任を果たしたら、私は私の人生を歩みたい。君と、一緒に」

「レオンさん……」

まだ声に不安を滲《にじ》ませながらも、リュイが小さな声で言う。

「僕も、レオンさんとずっと一緒にいたい。……ずっと」

ぎゅっとレオンの指を握り返したリュイが、身を屈《かが》めて手の甲にくちづけてくる。

想いを込めるように唇を押しつけるリュイに、レオンは微笑んで言った。

「大丈夫、その願いは叶《かな》うよ。私を信じて、リュイ」

「…………、……はい」

どこか寂しげなリュイの気配に、レオンはもう一度、大丈夫だよと繰り返した。

彼を不安にさせてしまう自分の立場が、もどかしい。

だが、リュイならきっと、自分の想いを信じてくれる——。

「……レオンさん」

と、その時、リュイがそっとレオンから手を離して声をかけてくる。なんだい、と答えたレオンに、リュイは少し迷うような様子で告げた。

「実は僕……、今日、町の市場に行ってみようと思ってるんです」

「え……、今日？」

突然の言葉に、レオンは驚いてしまった。

リュイは以前、この森から出たことがないと言っていた。レオンから町の話を聞きたがってはいたが、この家を離れるつもりはなさそうで、だからこそレオンはもどかしく思っていたのだ。

だというのに何故《なぜ》こんなに唐突に気が変わったのかと戸惑ったレオンに、リュイが言いにくそうに打ち明ける。

「実はその……、食料が底を尽きてしまったんです。保存食もあらかた出してしまって」

「……ああ、なるほど」

ようやく納得がいって、レオンは苦笑を浮かべた。

そもそもリュイは、この家に一人で暮らしていた。当然、この家の備蓄は彼一人分しかなかったはずだ。

一ヶ月前に自分が転がり込んだだけでもかなり逼迫していただろうに、そこにキリリクとネイシャまで増えたのだ。時にはフラムが魚や木の実などを差し入れしていたようだが、彼もここで食事をすることが多かった。

この小さな家の食料庫が空になるのも、無理はない話だ。

「気がつかなくてすまない。それなら、私も一緒に行こう」

「……っ」

レオンがそう申し出ると、リュイが怯《ひる》んだように小さく息を呑む。

（……？）

彼の反応に一瞬違和感を覚えたレオンだったが、続くリュイの言葉にそれはすぐ霧散してしまった。

「……お願いできますか？　ちょっと、一人では心細くて……」

遠慮がちに言うリュイは、おそらくレオンの視力が完全には戻っていないことを気にしていたのだろう。

レオンは身を起こしてリュイに笑いかけた。

「もちろんだよ。君を一人にするわけがないだろう？」

目を閉じたまま、そっと頬に触れて位置を確かめ、キスを落として言う。

「そうと決まったら、早速支度しよう。朝ご飯はもう食べてしまった？」

「い……、いえ、まだ」

恋人同士のやりとりに慣れていない様子で、ぎこちなくリュイが答える。

そんな様子も愛おしくてたまらず、レオンはもう一度彼に軽くくちづけると、ようやくベッドを後にしたのだった。

——多くの人が集まる市場の手前、人の気配の少ない路地裏で、リュイはそっとラムタラから降りた。

馬上に残したレオンを見上げ、緊張を押し隠して告げる。

「……少し、そこの店で買い物をしてきます。ここで待っていて下さい」

「私も一緒に行こうか？」

リュイの緊張を、人や町に慣れていないせいだと思ったのだろう。レオンが心配そうに言ってくれる。

こちらを思いやってくれる彼に、余計に申し訳なさがつのって、リュイは熱くなる目頭をぐっと堪《こら》えてなんとか声を押し出した。

「……大丈夫です。それに、気づかれて騒ぎになったら大変ですから」

今日のレオンは甲冑《かっちゅう》も身につけておらず、地味な色のマントのフードを被《かぶ》り、目元にバンダナを巻いている。

とはいえ、ただ馬に跨《また》がっているだけでも堂々と落ち着いた雰囲気が滲み出ており、見る人が見れば、彼が行方《ゆくえ》不明の第二王子だと気づいてしまうだろう。

――そう、ここで誰かが彼を指さし、王子だ、と叫べば、彼は『レオンハルト』に戻らざるを得なくなる――。

今朝、レオンに瞳孔が開き、視界が眩しく感じるような目薬を差したリュイは、わざと時間をかけて森の中をデタラメに歩き回り、この町へと辿《たど》り着いた。荷物を運びたいからと、ラムタラに取り付けたカゴには、音が鳴らないよう布に包《くる》み、一時的に軽くなる魔法をかけたレオンの甲冑や持ち物をこっそり入れてある。

レオンをこの町に、置き去りにするために――。

(怪我《けが》が治ったばかりなのに、たくさん歩かせてごめんね、ラムタラ。……元気でね)

思いを込めて見つめると、つぶらな黒い瞳がじっとこちらを見つめ返してくる。

なにもかも分かってくれているかのような優しい眼差《まなざ》しに、もう一度ごめんねと心の中で謝って、リュイは再度レオンを見上げた。

「……すぐ、戻ります」

(ごめんなさい……、ごめんなさい、レオンさん。本当に、ごめんなさい)

喉元まで出かかった言葉を何度も、何度も必死に呑み込んで、くるりと背を向ける。

少し離れたところから、あそこに王子がいると叫べば、この一帯は大騒ぎになるだろう。

たとえ近くに彼の命を狙う敵がいたとしても、多くの人が集まる中で凶行には及べないだろうし、第一レオンにさした目薬の効果は、もうそろそろ切れる。

視力さえ取り戻せば、彼は自身で身を守れるはずだ。

(……さようなら、レオンさん。どうか、どうか無事にお城に戻れますように)

この一ヶ月間の出来事は早く忘れて、幸せになってほしい。

――自分とは違う人と。

彼と同じで、魔物の血など混じっていない、『人間』と――。

「……っ」

ぎゅっと拳《こぶし》を握りしめ、リュイは足早にその場から遠ざかろうとする。

だがその時、背後でレオンがぽつりと、呟いた。

「……リュイ？　泣いているのか？」

「……！」

こちらを気遣う、穏やかで優しいその声が耳に届いた途端、リュイの目からぶわっと涙が溢《あふ》れ出す。

リュイはたまらずフードを深く被ると、人でごった返す広場に飛び込み、レオンのいる路地裏を指さして叫んだ。

「っ、王子様だ！　レオンハルト様があそこにいる……！」

「リュイ⁉」

驚くレオンの声に重なるようにして、周囲の人々がどよめく。

「王子様だって⁉」

「見ろ！　あれは確かにレオンハルト様だ！」

「生きていらっしゃったんだ！」

歓声と共にレオンに駆け寄る人々を避《さ》けて、リュイは足早に反対側の路地へと急ぐ。

「……っ、待ってくれ！　リュイ！　リュイ!?」

焦ったようなレオンの声に続いて、人々が歓喜する声が聞こえてきた。

「ああ、やはり間違いない！　見ろ、あの美しいお顔！」

「レオンハルト様！　よくぞご無事で！」

「誰か、捜索の兵に知らせろ！」

どうやらレオンが目元のバンダナを取ったらしい。

俯《うつむ》いたまま、薄暗い路地へと滑り込んだリュイの耳に、はっきりとこちらに向かって呼びかけるレオンの声が突き刺さる。

「どうして……っ、リュイ！」

「……っ、ごめんなさい……っ」

彼にはもう届かない謝罪を呟いて、リュイは駆け出した。

その頬を伝い落ちた涙が、薄汚れた石畳にぽたりと、小さな染みを作った――。

緋絨毯《ひじゅうたん》の敷かれた長い廊下に、忙《せわ》しない足音が響く。

しっかりと開いた青い瞳でまっすぐ前を見据えて、レオンは王城の廊下を急いでいた。

向かう先は姉、アンナの私室である。

――リュイがレオンの前から一方的に姿を消して、二週間が経った。

あの時、急速に視界の眩しさが治まったレオンは、押し寄せる民衆の向こうに、急ぎ足で立ち去るリュイの後ろ姿を確かに見た。

フードを被っていたため、髪の色すら分からなかったけれど、それでもあれはリュイだったという確信がある。

王子だと叫んだあの声は、間違いなく彼のものだったのだから――。

(……どうしてリュイは、あんなことをしたんだ)

考えても、考えても分からなくて、レオンは城に戻ってすぐ父王と姉に事情を話し、あの森に取って返した。

負傷したところを助けてくれた青年と恋に落ちた、だが自分の立場を打ち明けたところ、彼は自分を町に置き去りにして姿を消してしまった、自分は彼を探しに行く、と。

だが、この二週間、必死に森の中を探し続けたけれど、リュイの家はどうしても見つからなかった。

あの日、町に向かう際、やけに森を抜けるまでに時間がかかるなとは思ったが、今思えばあれは、リュイがわざと遠回りをしていたのだろう。あるいはラムタラが道を覚えているのではとも思ったが、懸命に歩き回った後、申し訳なさそうに鳴かれてしまった。

それでも諦めきれず、リュイの家を探し続けていたレオンだったが、今朝、城から姉の使いが来た。急ぎ戻るよう呼び出されたレオンは、仕方なく森での捜索を中断し、王城へと戻ってきたのだ——。

(何故、見つからないんだ。……何故、彼はあんなことをしたんだ)

父と姉には、自分の立場が理由で彼が身を引いたかのように話したが、果たして本当にそうなのだろうか。

今思えばリュイは、自分が想いを告げた時からいつもと様子が違っていた。おそらく彼は最初から自分と離れるつもりで、あんなにも情熱的に愛してほしいと求めてきたのだ。

そしてあの朝、光を過剰に眩しく感じるような目薬を自分に差した。

自分を町に置き去りにし、そのまま姿をくらませるために——。

(……確かに、外見が分からなければ、私が彼を見つけ出すことは難しくなる。だが、本当にそれだけの理由で、あんなことをしたのか?)

ここまで探してもリュイの家が見つからないことから考えるに、あの家は魔法で隠されているに違いない。

一緒にいる間、リュイが魔法を使う様子はなかったから、彼が魔術師ということは考えにくい。魔法は限られた魔術師か魔物しか使うことができないから、おそらくフラムが目くらましのような、人避《ひとよ》けの魔法をかけているのだろう。

だとすると、そもそもレオンがリュイの家に辿り着くことはほぼ不可能だ。それなのに、わざわざ目薬を作り直して、あの時までレオンが彼の姿を視認できないようにしたのは、何故なのか。

何故、リュイは頑《かたく》なに彼自身の姿を隠そうとしたのか。

何故、自分の想いを受け入れたのに、別れを選んだのか――。

(……いずれにしても、リュイに直接聞かなければ、なにも分からない)

レオンがくっと双眸《そうぼう》を眇《すが》めたその時、行く手の廊下の曲がり角から、人の話し声が聞こえてくる。

気づいて足をとめたレオンは、現れた人物に目礼した。

「……お久しぶりです、兄上」

「……っ、ああ、お前か、レオンハルト」

少し驚いたように目を瞠《みは》ったのは、兄のルーカスだった。黒髪に黒い瞳と、若かりし頃の父そっくりの容貌《ようぼう》をしているが、常に眉間《みけん》に皺《しわ》を寄せ、不満そうにギラギラと目を光らせており、雰囲気はまるで違う。

一緒に歩いていた部下を後方に下がらせたルーカスが、じろじろと無遠慮にレオンを眺め回しながら言う。

「生きて帰ってきたかと思えば、またすぐに出ていったようだが……。なんでも、恋人を探しに行ったそうだな」

「……はい」

言葉少なに頷《うなず》いたレオンに、ルーカスはフンと鼻を鳴らして横柄に言った。

「そんなどこの馬の骨とも分からぬ者に入れあげるなど、嘆かわしい。お前もいい加減、少しは王族の自覚を持て」

「…………」

お言葉ですが、と喉元まで出かけた反論を、レオンはぐっと呑み込む。

ここで無闇に兄と争うべきではない。

以前は姉との仲を取り持つために言葉を呑み込んでいたが、今やもう兄は敵だ。だが、だからこそ、兄の懐《ふところ》に潜り込み、情報を得る機会は残しておいた方がいい——。

「……そうですね。これだけ探して見つからなかったのですから、確かに兄上の言う通りかもしれません。肝に銘じます」

寂しげに目を伏せ、苦笑して言ったレオンに、ルーカスは一瞬意外そうな表情を浮かべた後、満更《まんざら》でもない様子でニヤリと笑った。

「そうだろう、そうだろう。やはりお前は話の分かる弟だ」

すっかり機嫌をよくしたルーカスが、更に続ける。

「ああそうだ、お前も私と共に……」

「……殿下」

しかしその時、ルーカスの部下が口を挟んでくる。ちら、とレオンを見やった彼は、ルーカスに口早に告げた。

「そろそろお急ぎになりませんと」

「ふん、分かっている。レオンハルト、後で私の部屋に来い。話がある」

憮然《ぶぜん》と言った兄に、レオンは頷いて頭《こうべ》を垂れた。

「はい、伺います」

そのまま荒い足音で去っていくルーカスを見送ってから、姉の私室へと向かう。

（……兄上はなにを言いかけていたんだ？）

どうやら自分をなにかに誘おうとしていたようだが、今のところ見当がつかない。兄の部下は自分を警戒していた様子だったが、後で詳しい話を引き出せるだろうか。

（もし兄上がなにかよからぬ企《くわだ》てをしているのなら、どうにかしてとめなければ……）

それにはしばらく、兄に自分が味方だと思わせる必要があるだろう。

慎重に振る舞わなければと考えながら、レオンは豪奢《ごうしゃ》な扉の前で足をとめる。

扉の両脇に立っていた衛兵が、レオンに敬礼してから、部屋の中に向かって声をかけた。

「失礼致します。レオンハルト様がお見えになりました」

ややあって、姉の声が中から聞こえてきた。

「ありがとう。通して下さい」
ハ、とかしこまった衛兵たちが、どうぞお通り下さい、と扉を開ける。レオンが足を踏み入れると、部屋の奥の方から姉の声がした。
「その様子では、恋人は見つからなかったようですね」

「……まだなにも申しておりませんが」

窓際のカウチに腰掛け、本を読んでいたアンナが視線を上げ、微笑んで本を閉じる。

「可愛い弟の機嫌のよしあしくらい、足音だけで分かりますよ」

美しい巻髪をさらりと揺らして立ち上がったアンナが、控えていた侍女たちに、しばらく人払いをと告げる。

どうぞとソファを勧められたレオンは、姉の向かいに腰を下ろしながら、憮然として言った。

「まだ、見つかっていないだけです。必ず見つけ出します」

自分はリュイを諦めたわけではないのだから、もう結論が出たかのような言い方をしないでほしい。

そう訴えたレオンに、アンナが苦笑して言う。

「あまりしつこいと嫌われますよ、レオンハルト」

「…………」

「ですが、あなたがそこまで想う方なら、私もお会いしてみたいです。きっと素敵な方なのでしょうね」

兄とはまるで違う言葉をくれるアンナに、レオンはふっと肩の力を抜いて笑い返した。

「ええ。私も、姉上にリュイを会わせたいです」

姉は、レオンが森で恋に落ちたリュイを探しに戻ると言った時も、真っ先に応援してくれた。心配する父を説得してくれた姉には、感謝してもしきれない。

リュイを見つけ、きちんと話し合って彼の不安を取り除いた暁には、大切な家族に大切な恋人を紹介したい——。

「……それで、姉上。私をお呼びになったのは兄上のことでしょうか」

アンナとレオンにお茶を淹《い》れた侍女たちが全員部屋の外へと下がったところで、レオンはアンナに本題を切り出した。

スッと表情を改めたアンナが、頷いて言う。

「ええ。一番恐れていた事態が起きました。各地で、魔物が暴れ出しているようです」

「……やはり、兄上の狙いはそこでしたか」

とうとう兄が動き出したかと、レオンはぐっと拳を握りしめた。

王宮の宝物庫から魔石が盗み出された際、真っ先に案じたのが、ルーカスが魔石を使って魔物を操ろうとするのではないかということだった。

あの魔石は、かつてレオンたちの父が魔王を倒した際に得たものだ。強大な魔力を秘めており、強力な魔法を発動させたり、魔物を操って狂暴化させることができる。

とはいえ、ルーカス自身に魔力はないため、魔石を使うには魔術師を頼る他ない。

そのため、盗み出された魔石の行方を追いつつ、兄のお抱えの魔術師の動きを監視していたのだが、今のところ兄を含めて怪しい動きをしている者はいなかったはずだ。

レオンはアンナを見つめて聞いた。

「この国の魔術師の動向は、すべて調べ上げています。まさか兄上は、国外から魔術師を雇ったのでしょうか」

「分かりません。ですが、今のところ騒ぎは非常に小規模で、すぐに沈静化しています。兵が到着する頃には魔物は皆大人しくなっており、それぞれの住処《すみか》に帰ってしまっているようです」

「それは……、まるで愉快犯のようですね」

唸《うな》ったレオンに、アンナが頷いて言った。

「あながち間違っていないかもしれません。どうやらルーカスは、討伐軍を組む気のようですから」

「……討伐軍？」

アンナの言葉に、レオンは目を瞠る。アンナがぐっと表情を険しくして告げた。

「おそらく今までの騒動は、国民に不安の種を蒔《ま》くためのものだったのでしょう。ルーカスは今後、魔物を使ってなにか大きな騒ぎを起こし、それを自分で平定するつもりなのだと思います」

「な……」

予想だにしなかったことに、レオンは言葉を失ってしまった。

今までレオンは、兄が魔石を使って魔物を操り、戦いを挑んでくるつもりなのだとばかり思っていた。

だが兄は、自らが英雄となるために、魔物を利用しようとしているのだ。

そのために民が傷つくことも厭《いと》わずに――。

「……っ、許せない……！」

ぐっと拳を硬く握りしめ、レオンは思わず俯いて唸った。

この国の人々を危険に晒《さら》すなど、たとえどんな理由だとしてもあってはならない。ましてや己の人気取りのためにそんなことをするなんて、到底許し難い。

たとえ実の兄であっても、否、実の兄だからこそ、見過ごすわけにはいかない――。

「……姉上」

顔を上げ、レオンはアンナに告げる。

「実は先ほど、廊下で兄上に行きあいました。その時、私をなにかに誘おうとしていたのです。あれはもしや、私を討伐軍に誘おうとしていたのでしょうか」

レオンの言葉に、アンナも頷いて言う。

「おそらくそうでしょう。あわよくばあなたを自分の懐に引き込むつもりか、……機を見て殺すつもりかもしれません」

一ヶ月半前、レオンが何者かに襲われて行方不明となったこと、襲ってきたのがおそらく兄の手先であることは、姉にも話している。

情に流されずきちんと状況を見定め、厳しい現実も濁さず告げてくれるアンナに、レオンはええ、と頷きつつ呟いた。

「……王族に生まれなければ、私たち姉弟はずっと共にいられたのでしょうか」

レオンの言葉に、アンナが軽く目を見開いて驚く。

「随分とまた、感傷的なことを言うようになりましたね？」

「……恋人の影響です」

アンナに苦笑して、レオンは打ち明ける。

「まだ私が身分を打ち明ける前、リュイが言っていたのです。王族に生まれなければ、兄上も姉上と仲良くできたのでは、と」

「そう……。優しい方ね」

ふっと視線を落としたアンナが、少し寂しげに微笑む。その美しい青い瞳には、ルーカスと対立するようになって抑え込むようになっていた、年の離れた弟への情が確かに浮かんでいた。

「……姉上」

気遣って声をかけたレオンに、アンナが微笑んで言う。

「ありがとう、レオンハルト。ですが、大丈夫。私は、この国の王位継承者です。たとえ血を分けた弟と戦うことになろうとも、私はこの国を守ってみせる」

「……はい」

姉の固い決意を改めて目《ま》の当たりにして、レオンはますます己のなすべきことを痛感する。

この国には、やはり姉が必要だ。

彼女を次の王にすることが、自分の使命だ――。

「それにしても、あなたの恋人は本当にいい方のようですね。ますます会いたくなりました」

侍女が置いていったお茶にようやく口をつけながら、アンナが微笑む。レオンは少し躊躇《ため》らいつつも、姉に胸の内を打ち明けた。

「……私も、早く彼に会いたいです。ですが、分からないのです。何故、リュイは私の前から姿を消したのか。何故、別れを決めていたのに、私の想いを受け入れたのか……」

この二週間、森で彼を探し続けている間ずっと、冷静にならなければと自分に言い聞かせていた。

リュイにもリュイなりの考えや事情があって、自分を置き去りにしたのだ。

それを責めてはいけない、と。

だが、日が経てば経つほど、焦燥と共に彼に真意を問いたいという気持ちが膨れ上がっていく。

彼を愛しているからこそ、彼の仕打ちが悲しくて、つらくてたまらない――。

「……あなたは、自分の容姿に無頓着《むとんちゃく》ですからね」

俯いたレオンに、アンナが苦笑する。レオンは顔を上げて問い返した。

「私の容姿……、ですか？」

「ええ。考えてもごらんなさい。目の見えない絶世の美男に愛を囁《ささや》かれても、大概の者は不安に思うに決まっています。しかもあなたは王子でしょう？　見えるようになったら自分にがっかりされるんじゃないか、自分では不釣り合いに違いないと、そう考えるのが普通でしょうね」

よほど容姿に自信がある者は別でしょうが、と肩をすくめるアンナに、レオンは慌てて反論する。

「ですが、私はリュイの外見に惹《ひ》かれたわけではありません。彼の心を美しいと思い、愛したのです。そのことはきちんと彼にも告げて……」

「どれだけ言葉を重ねられても、不安なものは不安なのですよ。恋をしているのなら、尚更」

静かに言ったアンナが、カップを傾けて続ける。

「私もそうでした。夫とは、肖像画のやりとりだけで結婚が決まりましたからね。私は肖像画の彼に恋をしましたが、夫はそうとは限らない。……初めて顔を合わせる日には、思わず部屋から逃げ出して庭の薔薇《ばら》園に隠れたものです」

「……初耳です」

小国の第三王子だった姉の夫は、優しく穏やかな人柄で、深くアンナを愛し、彼女を支えてくれている。姉もまた、夫のことをとても信頼していて、仲睦《なかむつ》まじい二人を見ているのがレオンはとても好きだ。

その姉夫婦にそんなエピソードがあったとは、と驚いたレオンに、アンナが苦笑して打ち明ける。

「恥ずかしくて、今まで誰にも言ったことがありませんでしたから。ですが、その薔薇園で、私と同じ不安に駆られて、お見合いの場から逃げ出した彼と出会ったのです。一目見てすぐ彼だと分かって、私たちは改めてお互いに恋をしたの。……どう？　少しはロマンチックかしら」

「少しどころか、とても」

心からそう思って微笑んだレオンに、ありがとうとアンナがはにかむ。

「だからね、レオンハルト。私はあなたの恋人のリュイの気持ちも分かります。でも、これだけは信じてあげて。……彼があなたから逃げたのは、あなたのことを愛しているからよ」

「……私の、ことを」

姉の言葉を繰り返して、レオンは頷いた。

「ありがとうございます、姉上。私はリュイを……、リュイの想いを、信じます」

──もしかしたらもう、会えないかもしれないと、心のどこかで絶望を感じ始めていた。

リュイはもう自分に会いたくないのかもしれない。

彼は自分を拒んでいるのだ、と。

だが、それはきっと違う。

リュイは必死に自分を愛してほしいと言っていた。

彼は、自分の姿を目にしても、レオンが心変わりしないか不安でたまらなかったのだ。

それは紛れもなく、彼が自分のことを愛してくれている証《あかし》だ──。

「その調子ですよ、レオンハルト。とはいえ、あなたにはしばらく恋人の捜索からは離れてもらわなければなりません」

カップを置いたアンナが、スッと表情を引き締める。レオンは頷いて言った。

「ええ、分かっています。まずは兄上の討伐軍に加わり、動向を探ってきます」

兄のそばにいれば、民に危害が及ぶのを防ぐことができるかもしれない。

そう思ったレオンをまっすぐ見据えて、アンナが言う。

「頼みます。……できることなら、ルーカスの次の狙いがどこの地域かを特定して、民に被害が及ばないよう、未然に騒動を防ぎたいものですが……」

アンナがため息をつきつつ眉根を寄せた、その時だった。

「……失礼致します！」

突如、扉の向こうから慌ただしい足音と共に男の声が聞こえてくる。鋭いその声は、アンナ直属の騎士団長のものだった。

「どうぞ、入って下さい」

サッとレオンに目配せしたアンナが、立ち上がって騎士団長を迎える。アンナに倣《なら》ってレオンも立ち上がったところで、騎士団長が部屋に入ってきて敬礼した。

「これは、レオンハルト様！　お戻りでしたか！」

「ああ、つい先ほど戻ったばかりだ。……どうかしたのか？」

促したレオンに、騎士団長がハ、と一礼して告げる。

「東の森で、魔物が暴れているとの報せが参りました！　ルーカス様が、兵を率いて出立する模様です！」

「……っ、東の森……！」

騎士団長の言葉に、レオンは唸る。

それは、リュイの家がある、あの森だった――。


コンコンと部屋のドアをノックされて、リュイは読んでいた本からパッと顔を上げて返事をした。

「はい、どうぞ」

カチャ、と開いたドアから年配のゴブリンが顔を出して言う。

「リュイや、よかったら少しお茶にせんか。ネイシャとキリリクが来てくれたでのう」

「あ、はい、是非」

本に栞《しおり》を挟んで閉じたリュイは、机の上にそれを置きかけ、少し考えて再度手に取る。本を片手に持ったまま、人間用よりも少し小さいイスから立ち上がったリュイは、年配のゴブリン――、リュイの祖父に歩み寄った。

「行きましょう、お祖父《じい》さん」

「ああ」

嬉《うれ》しそうに微笑む祖父に照れ笑いを返して、リュイはかつて母が使っていた、こぢんまりとした部屋を後にした。

——二週間前、レオンを町に置いて逃げ帰ったリュイは、その足でフラムの元に向かい、しばらく滞在させてほしいと頼み込んだ。

人避けの魔法は念入りにかけていたが、万が一レオンがあの家に戻ってきたらと思うと顔を合わせるのが怖かったたし、それに楽しかった日々の思い出が詰まっているあの家に一人でいるのがつらかったのだ。

自分がレオンにしてしまった仕打ちを泣きながら話したリュイを、フラムはいくらなんでもそれはリュイが悪い、と叱ってくれた。

だが、そうせずにはいられなかった気持ちも分かる。だから、落ち着くまでここにいていいと言ってくれたフラムにお礼を言って、リュイはフラムの家で、彼の家族と共に過ごさせてもらうことにした。

とはいえ、ニワトリやヤギたちの世話もあるし、貴重な薬草も植えてある畑を放置するわけにはいかない。そのためリュイは、毎日家に戻り、周辺に人気《ひとけ》がないことを確認してから、家畜の世話や畑の手入れをしていた。

そんな折り、ネイシャが改めてお礼を告げにやってきたのだ。ネイシャから話を聞いた、リュイの祖父も連れて。

リュイの顔を見るなり、シシィにそっくりだと泣き出した祖父は、リュイの両親にしてしまった仕打ちを何度も謝ってくれた。結局、リュイの父についてはネイシャから聞いた話以上のことは分からなかったけれど、リュイを一人ぼっちにさせてしまったのは自分のせいだと謝る祖父をそれ以上責める気にはなれなかった。

自分たちが去った後の出来事を知ったネイシャは、それならしばらくゴブリンの里に身を寄せてはどうかと言ってくれた。

リュイの家からゴブリンの里は、ウェアウルフの里よりも更に遠い。だが、ゴブリンは魔法が得意で、特にリュイの祖父は時をとめる高度な魔法が使える。家畜たちを眠らせ、畑の時をとめれば、毎日世話をしに戻る必要もない。なにより、ゴブリンの里にはリュイの母シシィの友人がたくさんいる。皆、キリリクを助けてくれたリュイに感謝しており、リュイに会いたがっている、と。

祖父からも是非そうしてほしい、ゆっくり話がしたいと言われ、リュイは少し迷ったがネイシャの言葉に甘えることにした。

いったんウェアウルフの里に寄り、フラムに事情を話してお礼を伝え、ゴブリンの里に身を寄せたのが一週間前。

母の一族にあたたかく迎えられたリュイは、祖父がずっと大切に手入れしていた母の部屋に滞在することになった。キリリクに里のあちこちを案内してもらったり、祖父や母の友人たちとゆっくり話をしたりと、穏やかな日々を過ごしている。

お城に戻ったであろうレオンは、今頃どうしているだろうと思いながら——。

「こんにちは、リュイ。どう？　変わりはない？」

祖父と共に居間に入ると、ネイシャがキリリクと共にソファでくつろいでいた。お茶を用意してくれたお手伝いさんにお礼を言って、リュイはネイシャの前に座る。

「こんにちは、ネイシャさん。はい、皆さんによくしていただいてます。キリリクくんも、こんにちは」

「ん！」

お茶と共に出された焼き菓子を頬いっぱいに詰め込んだキリリクが、よっと片手を挙げて挨拶する。こら、とネイシャに叱られたキリリクが、もごもごと口を動かしながら素早く立ち上がり、脱兎《だっと》のごとく駆け出した。

「オレ、遊んでくる！」

「待ちなさい、キリリク！」

慌てて捕まえようとしたネイシャを、リュイの祖父が笑って制する。

「はは、まあネイシャ、好きにさせてあげなさい。キリリク、気をつけてな」

「はーい！」

元気よく返事をしたキリリクが、あっという間に外へ飛び出していく。

まったくもう、と呆れるネイシャに苦笑して、リュイは告げた。

「実はさっき、この本を読んでいたんです。そしたら、ネイシャさんのサインが入った栞が出てきて」

持ってきた本から挟んでおいた栞を取り出して見せると、ネイシャが顔をほころばせる。

「まあ、懐かしい。この栞は子供の頃に学校で作ったのよ。お互いが作ったのを交換したの」

美しい押し花の栞をしげしげと眺めて、ネイシャが笑う。

「私は上手《うま》く作れたんだけど、シシィは不器用でね。お花が飛び出してる栞、私もまだ取ってあるわ」

「ああ、覚えておる。シシィは運動は得意だったが、手先を使う作業がとにかく苦手でのう」

懐かしそうに目を細めて言う祖父に、リュイも笑って頷いた。

「そういえば、僕の服を繕うのはいつも父の担当でした。一度母もほつれを縫ってくれたことがあるんですが、どうしてかもっとほつれがひどくなってしまって」

「シシィならやりそうね」

くすくすと笑みを零したネイシャに、祖父がぼやく。

「あの子の母親は裁縫が得意じゃったのにのう。シシィときたら、教えてもすぐ飽きてしもうて、しまいには目を盗んで逃げ出す有様で」

「まるでさっきのキリリクくんみたいですね」

知らなかった母の案外おてんばな一面に、リュイは苦笑してしまった。

この一週間、様々な人から母の話を聞いたが、会う人は皆、母との思い出をとても好意的に語ってくれる。

誰よりも魔力が強く、様々な魔法で里の皆を助けていたとか、時々魔法が失敗して大変な騒ぎになることもあったとか。あの時は大変だったね、と苦笑し合う里の人々の言葉の端々には、本当に母を愛してくれていたことが滲み出ていて、リュイは何度も嬉しくて涙ぐんでしまった。

(今ここに母さんがいたら、きっと自分を話のネタにしないでってむくれるんだろうな)

子供の頃、編み物を教わっている時に窓から脱走するも、浮遊魔法が効き過ぎて半日宙に浮いたままだった母の話をする祖父にくすくす笑っていたリュイだったが、その時、ネイシャが優しい目でそっと言った。

「……ねえ、リュイ。あなたさえよければ、このままここに越してこない?」

「え……」

ネイシャの提案に思わず目を瞠ったリュイに、祖父も頷いて言う。

「幸い土地は空いているからのう。家畜や畑も移せばよいし、家もこちらで用意しよう。欲を言えば、このまま儂《わし》と一緒にこの家で暮らしてくれたら嬉しいがの」

「お祖父さん……」

あくまでもリュイの希望を優先すると言ってくれる祖父に、リュイはなんと返せばいいか分からず言葉に詰まってしまう。

二人の気遣いは、とても嬉しい。

けれど自分は、あの家で父を待っていなければいけない――。

「……ゆっくり考えてみて、リュイ」

俯いたリュイに、ネイシャが優しく言ってくれる。

「あなたがお父さんを待つというのなら、それもいいと思う。ただ、忘れないで。今じゃなくても、たとえ何年後になっても、私たちはあなたを仲間として喜んで迎え入れるから」

「……っ、ありがとうございます、ネイシャさん。……お祖父さんも」

二人に頭を下げて、リュイは込み上げてくる熱いものを堪えた。

今までずっと、自分は人間でも魔物でもない、中途半端な存在だと思って生きてきた。

だが、この人たちは、自分を仲間だと言ってくれる。家族として、友人として、受け入れてくれる。

ここに居ていいと、言ってくれる――。

リュイは頭を上げると、二人に微笑み返して言った。

「とても、とても嬉しいです。……でも、もう少し考えさせて下さい。すみません」

母の死を知ったにもかかわらずそのまま消息を絶ち、三年間も音沙汰《おとさた》のない父をいつまで待つのかとは、自分でも思う。だが、父にとって母の死は、それだけショックなものだっただろうことも分かるのだ。

その父を待つことをやめる決断は、そう簡単にはできない。

折角気遣ってくれたのに、すぐにいい返事ができなくて申し訳ないと謝ったリュイに、ネイシャと祖父が言う。

「もちろんよ。謝らないで、リュイ」

「謝るのはむしろ、儂の方じゃ。儂のせいで、お前の父は姿を消してしまったのだからのう」

本当にすまない、と謝る祖父は、各地にある他のゴブリンの里に使いを出し、リュイの父の行方を探してくれている。無事ならいいんじゃが、とため息混じりに言う祖父に、リュイは言った。

「気に病まないで下さい、お祖父さん。父は元医者で、命の大切さを知っています。たとえ母の死に絶望しても、軽はずみなことはしないはずです。……きっといつか会えると、僕は信じています」

――君のお父上は、きっと無事だ。

もう遠くなってしまったあの日、レオンが言ってくれた言葉が耳に甦《よみがえ》る。

あの言葉に、自分は救われた。

三年間、ずっと不安で仕方なかった父の無事を、もう一度信じようと思えたのは、レオンのおかげだ。

それなのに自分は、レオンにあんなひどいことをしてしまった。

レオンに正体を打ち明けずに自分の想いを遂げ、本当の自分を知られるのが怖くて一方的に置き去りにしてしまった。

どんな姿でも好きだと言ってくれた彼の言葉を、信じられなかった。

(せめて、僕が彼と同じ人間なら……)

目を伏せたリュイは、ところどころ緑色の斑紋《はんもん》が浮かぶ自分の手をじっと見つめて、ぐっと唇を引き結んだ。

――違う。

人間だったら彼の言葉を信じられたなんて、ただの言い訳だ。

人間だろうと、魔物だろうと、きっとレオンは変わらず想いを伝えてくれた。

彼を信じられなかったのは、自分が魔物だからじゃない。

自分が、弱いからだ――。

(……っ、僕は……)

リュイが悔恨にぎゅっと服を握りしめたところで、不意に廊下をバタバタと走ってくる足音がする。

なんだろう、とリュイが顔を上げたのと、部屋にキリリクが駆け込んできたのは、ほぼ同時だった。

「長《おさ》！　ロッド兄ちゃんが帰ってきたよ！」

嬉しそうにそう叫ぶキリリクは、背の高いゴブリンの青年の手を引いていた。リュイは知らない顔だったが、どうやらこの里の仲間らしく、祖父がすぐに立ち上がって尋ねる。

「おお、よく戻ったな、ロッド。無事でよかった。それで、妹はどうじゃった？」

（……妹？）

心配そうに聞く祖父の言葉を聞いて首を傾げたリュイに、ネイシャが教えてくれた。

「彼はロッドといって、この里一番の魔力の持ち主よ。次の長候補なのだけれど、少し前に妹が行方不明になってしまって、探しに行っていたの」

「妹さんが……」

自分と同じように家族が行方不明と聞き、リュイはロッドをそっと窺《うかが》い見た。

だが彼の表情は硬く、とても妹が見つかった様子ではない。それどころか、どこか思いつめたような、暗い顔をしていて――。

（妹さん、見つからなかったのかな……）

もしかしたら、妹が帰ってきていないかと思って戻ってきたのかもしれない。

心配しつつ見守っていたリュイだったが、そこでこちらに気づいたロッドが、大きく目を瞠る。

「……人間⁉　じゃ、ない……？」

「ロッド、こちらはリュイ。長のお孫さんよ。あなたがいない間に色々あって、今はこの里に滞在してもらっているの」

紹介してくれたネイシャに、ありがとうございますとお礼を言って、リュイは立ち上がった。

「初めまして、ロッドさん。リュイと言います」

「……ロッドだ」

言葉少なに答えたロッドが、ふいっとそっぽを向く。今は妹のことで頭がいっぱいなのだろうと思ったリュイだったが、そこでふと、違和感を覚える。

（……？　なんだ……？）

拳を握りしめたロッドが、真っ青な顔をしていたのだ。それはまるで、なにかを恐れているかのような表情で——。

「ロッド、どうしたんじゃ？　まさか、妹は……」

ロッドの顔色を見て、祖父が声を強ばらせる。大人たちの雰囲気を感じ取って、キリリクが心配そうにロッドを見上げた。

「ロッド兄ちゃん……？」

「……っ！」

ぐっと眉根を寄せたロッドが、キリリクの手を振り払う。懐に手をやった彼は、なにかを握りしめたその手をこちらに向かって突き出し、叫んだ。

「すまない……！　すまない、皆……！」

「え……」

戸惑うリュイの目の前で、ロッドの手から紫色の光が溢れ出す。

次の瞬間、ぐらりと視界が揺れ、耐え難いほどの頭痛に襲われて、リュイは思わず床に膝をついた。

「い、あ……っ！　なに、が……っ！」

一体なにが起きたのか分からず、こめかみを押さえながらも必死に目を開けて周囲を見回したリュイだが、祖父もネイシャもキリリクも、皆同じように頭を抱え、呻いている。

「ぐ……っ、あぁあ……！」

「っ、キリリク……！　キリリク……っ！」

必死にキリリクの方へ這《は》い寄ろうとするネイシャの顔つきが、先ほどまでとはまるで違い、凶悪な魔物のそれに変化していることに気づいて、リュイは息を呑んだ。

「な……」

しかし、ネイシャが手を伸ばしたキリリクもまた、床にうずくまり、頭を抱え込んで苦悶《くもん》の声を上げている。

「あぁああ！」

「……っ、ロッド、お前、なにを……！」

ギラギラと攻撃的に目を光らせ、鋭く伸びた犬歯を剝《む》き出しにした祖父が、ロッドを睨《にら》んで唸る。

一層苦しげな表情になったロッドが、ぼろぼろと泣きながら謝った。

「すみません……っ、すみません、長……！　本当に、すみません……！」

ぎゅっと、ロッドが突き出した手を強く握りしめた途端、溢れていた紫色の光が一層強く輝き、部屋に満ちる。

その瞬間、頭を締めつけるような強烈な苦痛に襲われて、リュイは絶叫した――。

ワアッと沸き起こる歓声に、馬上の兄が手を上げて応える。

（……ああしていると、若い頃の父上にそっくりだな）

馬首を並べたレオンは、城に飾ってある肖像画を思い出し、内心小さくため息をついた。

東の森で魔物が暴れているという報告を受けた翌日、レオンは早速兄のルーカスと共に討伐軍を率い、噂のあった森近くの町――、レオンが二週間前にリュイと別れたあの町へ来ていた。

魔物が狂暴化していることはすでに噂になっているらしく、討伐軍を出迎える人々の熱狂ぶりはすさまじい。魔物を倒して下さい、どうかこの町に平和を、と叫ぶ人々の声に、レオンは複雑な思いを抱かずにはいられなかった。

人々が魔物を恐れる気持ちは、分かる。だが、魔物は魔石で操られているだけで、むしろ被害者だ。

姿形こそ違うが、彼らにも感情があり、大切な家族や友人がいる。

どうにかして、魔物を傷つけずにこの騒動を鎮めたい――。

(……リュイは、無事だろうか)

おそらく自分よりもずっと心を痛めているだろう彼を思って、レオンは唇を引き結んだ。

魔物は危険ではない、大切な友達だと言っていたリュイにとって、この騒動はとてもショックなものだろう。

しかもリュイの家は、あの森の中にある。親しい者以外は家に近づけないよう魔法をかけている様子だが、狂暴化した魔物相手ではそれがどこまで通用するか分かったものではないし、第一フラムは自由に出入りできてしまう。ウェアウルフの彼も、おそらく狂暴化してしまっているだろう。

一人きりでいる彼のところに狂暴化した魔物が押し寄せてきたら、ひとたまりもない。

あるいは危険を察してこの町に逃げて来てくれていたらとも思っていたが、今のところ彼らしき人の姿は見当たらない――。

（……っ、兄のことがなければ、今すぐあの森に行ってリュイを探すんだが……！）

周囲の人々に手を振り、すっかり英雄気取りでご満悦の兄を見やって、レオンは悔しさにぐっと眉を寄せた。

この町まで来る道中、レオンはずっと兄に調子を合わせ、情報を引き出そうと試みていた。元々レオンが中立の立場を取っていたこともあって、ルーカスはすっかり油断しているようだが、昨日も一緒にいた腹心はまだレオンのことを疑っているらしく、常に兄のそばにいて付け入る隙がない。

一刻も早く魔石を操っている者を突きとめ、魔物も人間も傷つかないうちにこの騒動を治めなければならないというのに、ままならない現状が歯がゆくて仕方がない——。

「よし、まずは領主の館へ行くぞ、レオンハルト」

と、群衆から少し離れたところで、ルーカスがレオンに声をかけてくる。

「見たところ、魔物どもはまだこの町までは来ていないようだ。このまま二、三日様子を見ようじゃないか」

「っ、お待ち下さい、兄上。万が一その間に民に被害が出たら……」

悠長なことを言う兄に驚いたレオンだったが、ルーカスはニヤリと笑うとこちらに馬を寄せ、小声で言う。

「なに、少しくらい被害が出てから助けに入った方が、よりありがたがられるというものだ。

平和ボケした平民どもには、多少恐ろしい思いをさせた方が効果的だろうからな」

「……っ」

（なにを言っているんだ、この男は……！）

とことん性根の腐っている兄に、レオンはラムタラの手綱《たづな》を握りしめ、湧き上がる怒りを必死に堪えた。

今すぐにでも兄の横っ面《つら》を叩いて、いい加減にしろと怒鳴りつけたい。

被害が出るのを待つなど、それが王族のすることか。

この国の民――、否、魔物も人間も分け隔てなく、この国に生きる者すべてを守るのが、王族の務めだろう。

その大前提を蔑《ないがし》ろにする者に、王など務まるわけがない。

守るべきものを履き違え、己の利欲に走る者に、この国を治めることなどできるはずがない――……！

（……落ち着け。今ここで感情を露《あら》わにしたら、すべてが台無しになる）

怒りで今にもどうにかなりそうな自分を必死に抑え込んで、レオンは自身に冷静になれと言い聞かせた。

討伐軍の全権は、兄が握っている。レオンの私兵も近くには控えているが、水面下で着々と準備を進めていた兄の兵と比べると、数の上でどうしても不利だ。

ここで自分が激昂《げっこう》しても、兄の兵に取り押さえられるだけで、なにも解決しない。今はなによりも、民に被害が出るのを未然に防ぎ、魔物に理性を取り戻させなければならない――。

「……確かに、兄上の仰《おっしゃ》る通りかもしれませんね」

懸命に穏やかな微笑みを顔に貼り付けて、レオンはルーカスに話を合わせた。

「ですが、魔物がどこまで迫っているか把握しておいて損はないでしょう。よろしければ、私が手勢を率いて確認して参ります。兄上は領主の館で、ゆっくり行軍の疲れを癒して下さい」

この討伐軍にも、兄のお抱えの魔術師は幾人か同行していたが、おそらく魔石を持っている魔術師は別にいる。魔物を狂暴化させるには、近くで魔法を発動させる必要があるため、魔物のそばにいるはずだ。

魔物がまだ町から遠く離れた場所にいる今のうちにその魔術師を取り押さえられれば、民への被害を未然に防げる。魔術師を取り調べれば、兄に繋《つな》がる証拠も出るはずだ。

行くぞ、と周囲の自分の兵に声をかけ、ラムタラの馬首を森へと向けようとしたレオンだったが、それより早く、ルーカスが行く手に立ちふさがる。

「待て、レオンハルト」

「……どうかしましたか、兄上」

平静を装って答えたレオンをじろじろと探るように眺めて、ルーカスが言う。

「魔物の居所を探るだけならば、わざわざお前が行く必要はないだろう。部下に任せて、お前は私と共に来い」

「……いえ、なにかあった時に備えて、念のため私も同行致します」

レオンの答えに、ルーカスが不機嫌そうに唸る。

「そのような必要はないと言っているだろう。それとも、私の言うことが聞けない理由でもあるのか?」

レオンが魔術師と遭遇する可能性を案じているのだろう。苛立《いらだ》ったように聞いてくるルーカスに、レオンはわざととぼけて聞き返す。

「まさか。兄上に背くつもりなど毛頭ありません。私はただ、ラムタラの散歩がてらと思っただけです。しかし兄上こそ、何故そうも私をとめたがるのですか? なにか、理由でも?」

「……っ」

一瞬たじろいだルーカスが、カッと目を剝いて激昂する。

「なんだ、その口のききかたは! それが兄に対する態度か!」

喚《わめ》き出したルーカスに、レオンは内心うんざりしながら、慌てて取り繕う振りをした。

「ああ、これは申し訳ありません。兄上が私をお疑いなのではないかと思い、つい口が過ぎました。お許し下さい」

「……ふん。分かればいいんだ」

鼻を鳴らした兄に、レオンは殊勝な顔つきで言った。

「兄上の仰る通り、偵察は部下に任せて、私は兄上のお供をさせていただきます」

自分が森に向かえればその方がよかったが、部下たちには自分の意向をあらかじめ言い含めてある。

「……頼むぞ、隊長」

「は、お任せ下さい！」

目配せしたレオンに、すべて承知とばかりに隊長が頷いた、――その時だった。

「誰か！　誰か、助けてくれ……！」

突然、悲鳴と共に、町外れの方向から男が駆けてくる。真っ青な顔色の彼に、レオンはすかさずラムタラの腹を蹴《け》って駆け寄った。

「どうした！」

「お……、王子様……！　魔物が……っ、魔物が現れました！」

レオンを見て目を瞠った男が、慌てて森のある方向を指さして告げる。

「……っ、行くぞ、隊長！」

すぐさま駆け出したレオンに、隊長が部下を率いて続く。

「な……、何故こんなに早く……。っ、待て、レオンハルト！　私より先に行くな！」

ぽかんとしていたルーカスが我に返って喚く声を無視して、レオンは町を飛び出した。

「は……ッ！」

ラムタラを急がせ、森へと続く丘を駆け上る。すると、丘の反対側には緑色の魔物――、ゴブリンたちが集まっていた。

その数は数十人ほどだろうか。人間よりも小柄な彼らは、いずれもギラギラと目を光らせ、獣のような唸り声を上げている。大きく裂けた口からは鋭い牙が覗《のぞ》き、明らかに理性を失っている様子だった。

（早く彼らをとめなければ……！）

このままでは、なんの罪もないゴブリンたちが討伐軍に殺されてしまう。

焦燥に駆られつつ、レオンは魔術師らしき者の姿が近くにないか、辺りを見回した。

――と、その視線が、ある一点に吸い寄せられるようにとまる。

それは、ゴブリンの集団の先頭に立ち、必死に両腕を広げて彼らをとめようとしている青年だった。フードを深く被っており、その顔は分からないが、背格好はゴブリンたちとは異なっているから、人間だろう。遠すぎて判然としないが、とまって、落ち着いてと繰り返し叫んでいる様子だった。

（彼が魔術師か……？）

一瞬そう思いかけたレオンだったが、すぐにその考えを打ち消す。

魔術師だとしたら、あんなに必死にゴブリンたちをとめようとしているのはおかしい。

(町の人間が、ゴブリンの襲来に気づいてとめようとしているのか？　……だが、それなら何故、ゴブリンたちは彼を攻撃しないんだ？)

狂暴化した魔物は、人間を敵と見なして襲ってくるはずだ。だがゴブリンたちは、青年を押しのけようとはするものの、危害を加えようとする様子はない。

(……何者だ？)

訝《いぶか》しみながらも、あの青年を助けなければとレオンがラムタラの手綱を握りしめたその時、後を追いかけてきたルーカスが丘を駆け上がってくる。

「待てと言っているだろう、レオンハルト！」

レオンをきつく睨みつけたルーカスだったが、すぐに丘の向こう側に集まるゴブリンたちに気づき、顔を歪《ゆが》める。

「……っ、もうこんなところまで来ていたか！　おぞましい怪物め……！」

吐き捨てるように言ったルーカスは、丘を上がってきた兵たちに鋭く命じた。

「行け！　奴らを残らず殺すんだ！」

「っ、待て！　殺すな！」

咄嗟《とっさ》に兄の命令を打ち消したレオンに、兵たちが戸惑ったように顔を見合わせる。一瞬驚いたように目を見開いたルーカスが、すぐに憎悪に顔を歪めてレオンを睨みつけてきた。

「レオンハルト、お前……っ！」

「兄上、ご自分のしていることが本当に正しいか、あなたが本当に大切にすべきものはなんなのか、もう一度よくお考え下さい。今からでも遅くない、どうか思いとどまって下さい」

ルーカスをまっすぐ見つめ返してそう言い、レオンは兵たちに命じる。

「ゴブリンたちを傷つけるな！　彼らは操られているだけだ！　彼らに罪はない！」

そう叫ぶなり、レオンはラムタラの腹を蹴り、一気に丘を駆け下りる。向かう先は、先ほど見えたあの青年の元だ。

襲いかかってくるゴブリンたちを避けつつ、レオンはフードを深く被った青年に駆け寄った。

「おい、君！」

叫んだレオンに、青年が振り返る。

「……っ！」

大きく目を瞠って驚くその青年の顔を見て、レオンもまた、驚愕《きょうがく》に目を見開いた。

「な……！」

——その青年は、顔の左半分は確かに人間のものだったが、右半分は緑色の皮膚に覆われていた。

それだけではない。左目は美しい青だが、右目はギラギラと金色に光っており、口も右側が歪んでいる。唇からは犬歯が覗き、よく見ればゴブリンたちを押しとどめようとしている手も、右手だけは緑色の斑紋が浮かび、鋭い爪が伸びていて――。

（……っ、まさか、彼は人間と魔物のハーフなのか？）

そんな例、今まで聞いたことがない。だが、目の前の彼の容貌はそうとしか思えない。

おそらく彼は、ハーフであるが故《ゆえ》に完全には狂暴化せず苦しみながらも、ゴブリンたちをとめようとしていたのだろう。ゴブリンたちに襲われる様子がなかったのも、半分仲間だからだとすれば納得がいく。

だが、どうして彼は、自分を見てこんなにも驚いているのか。

初対面の人間に対する反応とは、なにかが違う気がする――。

（まさか、以前会ったことがあるのか？　だが、彼のような人に会えば、覚えていないはずがないんだが……）

疑問に思ったレオンだったが、その時、青年がサッと顔を俯ける。一瞬見えた、ひどく傷ついたような、深い絶望の表情に、レオンは戸惑いを覚えた。

（……？　なんだ？）

何故そんな顔をするのか、一体彼は何者なのかと訝しみつつも、レオンは押し寄せてくるゴブリンたちを鞘《さや》に納めたままの剣で払いのけ、馬上から彼に手を伸ばす。

「君、こっちに来なさい！　そこは危ない！　すぐに避難を……！」

だが彼は、レオンの手を取ることなく俯いたまま叫ぶ。

「……っ、僕のことは構わないで下さい……！」

ずっとゴブリンたちを押しとどめようと叫んでいたためか、もしくは彼もまた魔石の力に苦しめられているのか、その声は嗄《しゃが》れていた。――だが。

「……リュイ？」

かすかに残っていた恋人の声の片鱗《へんりん》に、レオンはまさかと目を瞠って呟いた。

名前を呼ばれた途端、青年がびくっと肩を揺らす。

その反応に確信して、レオンは慌ててラムタラから飛び降り、彼に駆け寄った。

「リュイ！　リュイなんだろう！　私だ！　レオンだ……！」

「……っ」

押し寄せてくるゴブリンたちに構わず、無我夢中でリュイの肩を摑む。しかし、リュイは俯いたまま、こちらを見ようとはしない。

――否。彼は、自分の顔を見られたくないのだろう。

レオンを町に置き去りにしたのも、自分の姿を見られて、魔物とのハーフだと知られるのを恐れたからだったのだ。

レオンのことを、愛するが故に――。

「……リュイ」

彼の自分への想いを確信した喜びと、彼にそんな苦悩を負わせてしまった不甲斐《ふがい》ない自分への悔しさを同時に味わいながら、レオンはリュイをまっすぐ見つめた。

「言ったはずだ。私は君が何者であっても愛している、と」

頑なに顔を上げようとしないリュイに、きっぱりと告げる。

レオンの言葉が思いがけなかったのか、緊張に身を強ばらせたまま、リュイが小さく息を呑んだ。

ずっとこの目で見たいと焦がれ続けた恋人の姿をじっと見つめて、レオンは寸分の揺らぎもない自分の想いをそのまま言葉にした。

「君が人間でなくても、どんな姿をしていても、私の心は変わらない。君が好きだ、リュイ。どうか私を信じてくれ……！」

「……レオン、さん」

嗄れた、けれど確かにレオンの記憶の中の彼と同じ声で、リュイが呟く。

（ああ、やっぱり彼だ。彼こそが、私の大切な人だ……！）

再会の喜びで胸がいっぱいになったレオンの見つめる先、リュイがゆっくりと顔を上げようとした、――次の瞬間。

「そこまでだ！　剣を捨てろ！」

背後から追いかけてきたルーカスが、馬上からレオンの喉元に剣を突きつける。

押し寄せてきたルーカスの部下たちに取り囲まれて、レオンはくっと唇を嚙《か》んだ。慌ててフードを被り直し、また俯いてしまったリュイをサッと背後に庇ったレオンに、ルーカスが再び命じてくる。

「なにをしている！　さっさと剣を捨てるんだ！」

「……………」

じろりと兄を睨み返して、レオンは鞘に納めたままだった剣を地面に打ち捨てた。同時に、少し離れたところにいたラムタラに逃げるよう、こっそり合図を送る。

森へ向かって駆け出した黒馬には気づかず、ルーカスが嫌悪感の滲む声で嘲笑《ちょうしょう》した。

「まさか、お前の探していた恋人が、こんな化け物だったとはなあ！　どんな姿でも愛しているなんて、ついにお前も正気を失ったか！」

馬鹿にした様子で言ったルーカスが、続いてゴブリンたちに応戦している兵たちに叫ぶ。

「こいつは反逆罪で捕らえる！　抵抗する者はすべて同罪だ！」

「レオンハルト様……っ」

ルーカスの言葉に顔色を変えた隊長が剣を引き抜こうとするのを見て、レオンは彼を制した。

「よせ！　引くんだ、隊長」

いくら兄でも、すぐに自分を殺すことはできない。だが彼らは、抵抗すれば容赦なく殺されてしまうだろう。

レオンハルトの言葉に悔し気に顔を歪めながらも、隊長が抜きかけた剣を納める。

レオンハルトと隊長に縄をかけるよう部下に命じながら、ルーカスの腹心が兄に尋ねた。

「ゴブリンたちはどうしますか？　ここでは町の者たちもおりませんが……」

「仕方あるまい。こうなったら皆殺しにして、首を晒してやる。こいつらの狂暴な面を見れば、平民共は私を讃《たた》えるだろう」

「っ、やめろ！」

どこまでも自分のことしか考えていない兄に、レオンは縄を手に近寄ってくる兵士を押しのけて叫んだ。

「彼らを傷つけるな！　今すぐ彼らを元に戻せ！」

「……まるで私がゴブリンたちを操っているかのような物言いだな、レオンハルト」

ふんと鼻を鳴らして、ルーカスがせせら笑う。

「軍を率いる私の命《めい》に背いた挙げ句、言いがかりまで付けるつもりか？　その発言、証拠あってのものなのだろうな？」

「……っ、よくもそんなことを……！」

平然と言うルーカスを睨んで、レオンは唸った。

「あなたが魔石を盗み出し、罪もない魔物たちを操って人々を襲わせようとしていたことは、いずれ明らかになる……！　私が必ず、あなたの罪を暴く！」

「……っ」

レオンの背後で、リュイが小さく息を呑む。

馬上からレオンを睥睨《へいげい》して、ルーカスが嘲笑を浮かべた。

「なんの話やら、見当もつかんな。おい、こいつをさっさと縛り上げろ。他の者たちは、今すぐ魔物を掃討しろ！」

ルーカスの命令に、それまで盾でゴブリンたちを防いでいた兵士たちが、次々に剣を抜く。

憤怒に目をギラつかせたゴブリンたちが一斉に叫び声を上げるのを見て、レオンは叫んだ。

「やめろ……！」

――と、その時だった。

ゴブリンたちの咆哮《ほうこう》がぴたりとやみ、彼らの顔つきが見る間に変わっていく。戸惑ったような表情を浮かべたゴブリンたちが互いに顔を見合わせ、振り上げていた手を下ろすのを見て、レオンは息を呑んだ。

「……っ、なにが……」

一体なにが起きたというのか。

当惑するレオン以上に狼狽《うろた》えた様子で、ゴブリンたちが目の前の兵士たちに悲鳴を上げる。怯《おび》えたように身を寄せ合い出した彼らに、兵士たちも戸惑っているようだった。

「どういうことだ……！　おい、一体どうなって……」

苛立ったように腹心に声を上げかけたルーカスだったが、その時、ゴブリンたちの中から一人の若そうなゴブリンが進み出てくる。

思い詰めたような表情の彼を見て、レオンの背後でリュイが呟いた。

「……っ、ロッド……」

「お前……！」

声を上げたルーカスが、腹心に目配せする。その様子を見て、レオンは確信した。

あのロッドというゴブリンこそが、ルーカスの命で魔石を使い、魔物を狂暴化させていたのだ。

（だが、何故彼は同族を……？）

不思議に思ったレオンだったが、その時、ロッドが握りしめていた片手を上げる。拳を開くと、そこには紫色の石――、魔石があった。

「……もう、嫌だ」

ぼろぼろと涙を流しながら、ロッドがその場に頽《くずお》れる。

「っ、妹を返してくれ……！　オレはもう、あんたには従えない……！　仲間を傷つけるような真似、できない……！」

魔石をルーカスに向かって差し出して、ロッドが滂沱《ぼうだ》の涙を流して訴える。

「頼む……！　頼むからもう、妹を解放してくれ……！　オレには、もう……っ」

「……っ、伏せろ！」

と、次の瞬間、レオンは自身を拘束しようとしていた兵士の隙を突き、その剣を奪ってロッドの前に飛び出した。飛んできたナイフをカンッと剣で払い落とし、それを投げた人物を睨み据える。

チッと舌打ちをしたのは、ルーカスの腹心だった。

「……あ……」

腰を抜かしたロッドの手から、魔石が転がり落ちる。ちらりとそれを見やりつつ、レオンは兄とその腹心を睨んだ。

「……彼こそが証拠だ」

ロッドの言葉から察するに、彼は妹をルーカスに人質に取られ、言うことを聞くよう脅されていたのだろう。

同族を狂暴化させるなんて、相当思い悩んだに違いない。だが、妹を助けたい一心で仕方なく魔石を使ったのだろう。

「ロッド……」

近くにいたリュイが、ロッドの傍らに膝をつき、彼の背に手を回して支える。

二人を背に庇って、レオンはゴブリンと対峙《たいじ》したまま戸惑っている兵士たちに呼びかけた。

「皆も聞いただろう！　彼は脅されていたんだ！　彼も、ゴブリンたちも被害者だ！　分かったら剣を納めろ！」

レオンの言葉に、兵士たちが顔を見合わせる。躊躇う彼らに、ルーカスが嘲笑を浮かべて言った。

「貴様ら、魔物の言うことを信じるのか？　私があの魔物を脅して、民を危険な目に遭わせたと？」

ふんと鼻を鳴らして、ルーカスが苛烈《かれつ》に命じる。

「そのようなこと、断じてあるわけがないだろう！　私は無関係だ！　分かったら、さっさと薄汚い怪物共を殺せ！　剣を抜かない者は、反逆者とみなすぞ！」

「どうした！　殿下の命令が聞けないのか！」

ルーカスの腹心が、凄《すさ》まじい剣幕で近くの兵に迫る。ヒッと息を呑んだ兵が、慌てて剣を抜き、怯えたように成り行きを見守っているゴブリンに斬りかかろうとした。

――だが。

「……っ⁉」

兵士が勢いよく振り下ろした剣は、なにもないはずの空中でガンッとなにかにぶつかり、跳ね返る。

一同が驚く中、鋭い声が響いた。

「皆さん、逃げて！　早く！」

声のする方を振り返って、レオンは大きく目を見開く。

「リュイ!?」

フードを取ったリュイが、宙に浮いていたのだ。

強力な魔力を使っているのだろう、険しい顔をした彼の長い髪やマントは、バタバタと凄まじい勢いではためいている。

胸の前で握りしめた片手の隙間からは、禍々《まがまが》しい紫の光が溢れ出していて——。

(あれは、まさか……、魔石!?)

慌てて見やった先、地面に転がっていたはずの魔石がないことに気づいて、レオンは事態を悟る。

先ほど兵士の剣を防いだのは、リュイの魔法だ。おそらくリュイは、魔石の力を使ってゴブリンたちと兵たちとの間にバリアを張り巡らしている——。

「……っ、早く、逃げて下さい……!」

苦しげに顔を歪めたリュイが、懸命に訴える。

「この……!」

カッと目を見開いたルーカスの腹心が、リュイに向かってナイフを投げる。

「っ、危ない!」

すかさず剣でそれを打ち払おうとしたレオンだったが、ナイフはレオンの剣に届く前にカンッとバリアに弾《はじ》かれて飛んでいった。

凄まじい魔力を必死にコントロールしているのだろう。苦悶の表情でリュイが叫ぶ。

「レオンさん……っ、ロッドを……！　ロッドを連れて、逃げて下さい！　早く……！」

ルーカスに脅されていたロッドは、重要な証人となる。だからこそ、今はなによりもロッドを守ることを優先しなければならない。

そう訴えるリュイに、レオンはたまらず駆け寄った。

「……っ、それなら、君も一緒に！」

宙に浮くリュイに手を差し伸ばしたレオンだったが、リュイは首を横に振って言った。

「僕はここで、追っ手を食い止めます……！　皆さんも、早く逃げて！」

叫んだリュイに、ゴブリンたちが躊躇いながらも森へと逃げ始める。慌てて追おうとした兵たちだが、見えない壁に阻まれ、それ以上進めない様子だった。

「なんだこの魔法は！　おい、魔術師ども！　この魔法をさっさと解け！」

喚き散らすルーカスに、慌てて数人の魔術師が駆け寄ってくる。

リュイの張った防御魔法を解こうとしているのだろう。彼らが呪文を唱え始めるなり、リュイが一層苦しげに表情を歪める。

逃げるゴブリンたちの流れに逆らって、年老いた一人が飛び出してきた。

「リュイ！　ああ、リュイ……！」

リュイの名を何度も呼びながら、彼の元に駆け寄ろうとする。しかし、追いかけてきたネイシャが彼の手を引いて、森へと駆け出す。

「長！　急いで！　リュイの気持ちを無駄にしてはいけない！　ロッド、あなたも！」

茫然《ぼうぜん》としていたロッドが、ネイシャの呼びかけにハッと我に返って立ち上がる。

仲間のあとを追って駆け出したロッドを見て、リュイがレオンに言った。

「レオンさん、あなたも早く……！」

「っ、駄目だ、君も一緒だ！」

絶対に置いていってなるものかときつく目を眇めて、レオンはピッと鋭く口笛を吹いた。

すぐに森の方から現れたラムタラが、逃げるゴブリンたちの間を縫うようにして駆け戻ってくる。

愛馬の背に飛び乗ったレオンは、宙に浮かんだままのリュイに再び手を差し伸べた。

「行こう、リュイ！　君と一緒でなければ、私はここを動かない……！」

「……っ、レオンさん……」

「君も、君の大切な人たちも、私が必ず守る！　だから、頼む！　私を信じてくれ！」

リュイの目をまっすぐ見つめて、レオンは無我夢中で叫んだ。

仲間とレオンを守ろうとしてくれている彼の気持ちは、痛いほど分かる。ネイシャが言っていた通り、彼の気持ちを尊重するなら、今すぐ自分も逃げるべきだということも。

だが、だからと言って彼をここに置き去りにするなんて、絶対にできない。

なにがあろうと、自分は二度と、リュイを一人にはしない……！

「レオン、さん……」

ぐっと泣き出しそうに眉を寄せたリュイが、左右で色の違う瞳を潤《うる》ませる。

緑色の斑紋が浮かぶ右手が、躊躇いながらもレオンに伸ばされた——、その時だった。

「逃がすか……！」

突如、ルーカスの怒号と共にバチンと音がして、リュイの張り巡らせていたバリアが強制的に解かれる。

馬上のルーカスに髪を引っ張られたリュイが、驚愕に目を見開きながらも、咄嗟にもう片方の手を伸ばし、紫色に輝く魔石をレオンの手に握らせた。ルーカスに後ろに引き寄せられながらも、ラムタラの首元を蹴って叫ぶ。

「行って！　ラムタラ！」

「な……！」

高い嘶《いなな》きを上げたラムタラが、レオンの指示を待たずに駆け出す。

慌てて振り返ったレオンの視線の先、暴れるリュイを無理矢理拘束したルーカスが、舌打ちして周囲の兵に命じた。

「くそっ、魔石が……！　おい、早く追え！　魔石を奪い返すんだ！」

「……っ、とまれ、ラムタラ！」

今すぐリュイを助けなければと、戻るよう指示を送るレオンだが、ラムタラは足をとめず森へと全速力で駆け続ける。

「ラムタラ……！　っ、リュイ……！」

振り落とされないよう手綱を握りしめることしかできず、悔しさに唸ったレオンに、ルーカスが怒号を響かせる。

「レオンハルト！　こいつの命が惜しくば、その魔石を持ってこい！　交換だ……！」

「駄目です、レオンさん！　魔石を渡したら駄目……っ、ぐ……！」

声を上げたリュイの首元に、ルーカスが剣の柄《つか》を振り下ろす。呻き声を上げたリュイが、がっくりとうなだれるのを見て、レオンはカッと目を見開いた。

「リュイ！　……っ、その人に手を出すな！」

叫んだレオンに、ルーカスが怒鳴り返す。

「魔石を持ってこい、レオンハルト！　お前がその魔石を渡さなければ、こいつは明日の朝、処刑する……！」

「……っ！」

「いいか、明日の朝だ！　それまでに魔石を持ってこい！」

ぐったりと意識を失ったリュイの顔をレオンの方に向けて、ルーカスはにたりと笑って続けた。

「本当に大切にすべきものはなんなのか、だったなあ⁉　お前こそ、どちらを取るかよく考えるがいい！　国か、恋人か！」

先ほどの言葉をそっくりそのまま返されて、レオンは唇をきつく噛んだ。

リュイが命がけで渡してくれた魔石を手綱ごとぎゅっと握りしめ、気を失っている彼の姿を目に焼き付ける。

なによりも大切な国と、誰よりも大切な恋人など、比べようがない――。

「……っ！」

震えるほどの怒りと焦燥、悔しさを堪えながら、レオンは前に向き直った。

追え、逃がすな、と迫る兵たちの声を振りきり、ラムタラと共に森へと飛び込む。

傾き始めた太陽に一瞬光った黒馬の鬣《たてがみ》は、すぐに鬱蒼《うっそう》とした深い森に溶け、見えなくなった――。

高い位置にある小さな明かり窓から、うっすらと朝陽が差し込み始める。

後ろ手に縛られ、自死を図らないよう猿轡《さるぐつわ》を嚙ませられたリュイは、冷たく硬い石の床の上に座り込みながら、キラキラと差し込む光をじっと見つめていた。

（……朝だ）

まんじりともせず夜が明けてしまったが、一晩中なにも動きがなかったということは、レオンはまだ捕まっておらず、魔石はルーカスの手には渡っていないと考えていいだろう。

（レオンさんは……、皆は、無事に逃げられたのかな）

里に滞在していた間、優しくしてくれた仲間たちの顔が次々に思い浮かぶ。

最後に、黒馬に跨がり、こちらを振り返るレオンの顔を思い出して、リュイは縛られた両手をぎゅっと握りしめた。

昨日、あの丘の上で彼と再会した時は、本当に驚いたし、同時に絶望した。

人間ではないと知られることすら怖かったのに、狂暴化しかけた姿を見られ、しかも自分だと気づかれてしまったのだ。

きっと嫌悪され、軽蔑される。醜い化け物と蔑《さげす》まれ、卑怯者《ひきょうもの》と罵《ののし》られる。

だがそれは、彼にひどいことをした報いだ。どんな罵倒を浴びせられても仕方がないと、そう思った。

だがレオンは、気持ちは変わらないと言ってくれた。人間でなくても、どんな姿をしていても、何者であっても心は変わらない。リュイが好きだと、はっきり言ってくれた。

彼のことを信じきれず逃げてしまったリュイに、信じてくれと、そう言ってくれたのだ。その言葉がどんなに嬉しかったか、リュイがその言葉でどんなに救われたか、きっとレオンには分からないだろう。

（……僕は、レオンさんにとって結局、魔物は魔物なんだって思ってた。でもあの時レオンさんは、魔石がお兄さんに奪われたことを知っていた。魔物が狂暴化してしまう可能性が高いことを知っていたからこそ、レオンさんはああ言ったんだ）

今なら、自分が誤解していたことがはっきりと分かる。

丘の上で兵士と衝突した時、レオンは里の皆を懸命に庇おうとしてくれていた。操られているだけで被害者なのだと、危害を加えるなと、兵士たちを制してくれていた。

彼がいなければ、今頃ゴブリンたちは皆殺しにされていたかもしれない。

レオンは、一族の恩人だ。

（それなのに僕は、レオンさんにちゃんと自分の気持ちを伝えるどころか、謝ることもできなかった）

せめてきちんと、謝罪したかった。

嘘をつき続けていたことを、彼を信じきれず逃げてしまったことを、自分の弱さと向き合えなかったことを、謝りたかった。

だが、こうなってしまっては、レオンの顔を見て直接謝ることは、もうできない。

それどころか自分は、こうして敵に捕まって、彼の足を引っ張ってしまっている――。

「……っ」

込み上げる悔しさにきつく目を閉じて、リュイは含まされた布を噛みしめた。

丘の上で気を失った後、リュイは気がつけばこの状態で牢《ろう》に入れられていた。そう時間は経っていないようだったから、おそらく近くの町の牢なのだろう。

昨夜はどうやらレオンやロッドの捜索に人手を割いていたらしく、見張りの兵はいるものの、尋問や拷問といったひどい目には遭わずに済んだ。

もっとも、リュイが拷問を免れたのは、魔法を使うからと警戒されたか、人間と魔物とのハーフということで気味悪がられたか、あるいは、どうせ朝になれば処刑するからという理由かもしれない。

（……魔石を持ってこなければ、僕を処刑するって言ってた）

薄れゆく意識の中、ルーカスがレオンに叫んでいた言葉を思い出して、リュイはぐっと眉根を寄せた。

自分さえ捕まらなければ、こんなことにはならなかった。あの時は他に仲間を守る術《すべ》がなかったとはいえ、自分のせいでレオンを苦しめるような事態に陥ってしまったのは事実だ。

（……っ、死にたくない。このまま処刑されるなんて、絶対に嫌だ。でも……、でも、それよりなにより、レオンさんに無事でいてほしい）

きっとレオンは今頃、なんとかして自分を助けようと考えてくれているのだろう。だが、どうか彼自身の身の安全を一番に考えてほしいと願わずにはいられない。

自分のことはいいから、魔石を持って逃げてほしい。

否、魔石のことだって、本当はどうだっていい。

ただただ、レオンが無事でいてくれれば、それだけでいい——……。

——やがて夜が明け、太陽が昇っていく。

人々が動き出す気配、町のざわめきを聞きながら、じっとレオンの無事を祈り続けていたリュイだったが、陽が高くなった頃、遠くから荒い足音が近づいてくる。

身を強ばらせたリュイの前に現れたのは、レオンの兄、ルーカスだった。

「……ふん、見れば見るほどおぞましいな」

鉄格子越しにリュイを睥睨《へいげい》したルーカスが、出せ、と兵士に命じる。

無理矢理立たされ、牢の外に連れ出されたリュイは、じっとルーカスを睨んだ。

じろじろとリュイの全身を無遠慮に眺めながら、ルーカスが侮蔑の表情で言う。

「見えなかった時ならまだしも、こんな醜い化け物を前にして、よく愛だのなんだのと言えたものだ。我が弟ながら趣味を疑う……、いや、正気を疑うな」

馬鹿にしきったその態度に、カッと沸き上がる怒りを堪えたリュイだったが、続く言葉はもっとひどいものだった。

「まあ、それを言えば、こいつの親も同じか。どうせ物好きな人間が、魔物の女を味見してみたといったところだろうが……、犯した後に殺しておけば、こんな化け物が生まれることもなかっただろうに」

「……っ！」

（こ、の……！）

両親を侮辱するルーカスに、思わず体当たりしようとしたリュイだったが、それより早く、ルーカスの部下に押さえ込まれてしまう。

「ううううう……！」

くぐもった唸り声を上げて、リュイは懸命に身を捩《よじ》り、ルーカスを睨みつけた。

（さっきの発言を撤回しろ……！　レオンさんも僕の父さんも、お前とは違う！　父さんと母さんは、ちゃんと愛し合っていたんだ！）

自分のことは、なんと言われようが構わない。だが、自分の大切な人たちを悪く言われるのは許せない。

けれど、いくら叫んでも言葉にならず、いくら力を込めても身動きも取れない。

「……っ！　うぅう……！」

悔しくて悔しくて、涙を滲ませながら唸り声を上げ続けるリュイを、ルーカスがせせら笑う。

「ふん、やはり獣だな。さっさと処刑場へ連れて行け」
ハ、とかしこまった兵士が、暴れるリュイを引っ立てる。
――建物を出ると、そこは広場だった。

眩しさに目を細めたリュイは、広場に多くの人々が集まっていること、人々が一斉にこちらを振り返ったことに気づいて、たじろいでしまう。

広場の中央には、木製の高い櫓《やぐら》が据えられており、その櫓の上には首をくくる縄が結わえられた絞首台が用意されていた。

「……っ」

「歩け」

息を詰めたリュイの背をドンッと乱暴に押して、兵が命じてくる。

後ろ手に縛られた縄を握られていては逃げることも叶わず、リュイは力なく絞首台に向かって歩き始めた。

その姿を見て、集まった人々が口々に噂し始める。

「あれが、人間とゴブリンのハーフか？　見た感じ、人間に近いようだが……」

「バカ、お前、反対側を見てみろよ。あんな緑色した人間がいてたまるか」

「あんなのが、この町の近くに棲《す》みついてたなんてな。まったく恐ろしい……」

「でも、なんだって今になって人間を襲うようになったのかね？　まさかとは思うけど、魔王が復活したとか……」

ひそひそと交わされる言葉は、不安と恐怖に満ちている。

なにも知らない彼らに、ルーカスの罪を訴えたい衝動に駆られながらも、声を上げることのできないリュイは悔しさに俯き、好奇の目に耐えて櫓へと上がった。

櫓の上で待っていた腹心や魔術師と合流したルーカスが顎をしゃくるなり、背後にいた兵がリュイをドンッと突き飛ばす。

「……っ！」

膝をついたリュイは、ルーカスにぐいっと乱暴に髪を摑まれ顔を上げさせられ、苦痛に顔を歪めた。

ルーカスが、広場に集まった民衆を見渡して叫ぶ。

「この者は、我が弟レオンハルトと結託し、魔石の力を使って魔物を操り、この町を襲わせようとした不届き者だ！」

（な……！）

ルーカスの言葉に、リュイは思わず目を瞠った。あろうことか、この男は自分の罪をそのままこちらになすりつけようとしているのだ――。

ざわざわと、人々がざわめき出す。

「レオンハルト様が……!?」

「なにかの間違いじゃないのか？　あの方がそんなこと、するはずがない」

「ああ、そうに決まってる。もっとよくお調べ下さい、ルーカス様！」

「っ、静かに！　静かにしろ！」

櫓の上のルーカスに懐疑的な目を向ける人々を、広場のそこかしこに立っている兵士たちが慌てて制する。

ざわつく民衆を睨んで、ルーカスが横柄に言い放った。

「調べるもなにも、レオンハルトは私の目の前で魔石をこいつから受け取り、そのまま逃走したのだ。あいつが我々人間の敵であることは、間違いようのない事実だ！」

ルーカスの言葉に、人々が動揺して顔を見合わせる。

「レオンハルト様が、人間の敵……？」

「そんな、まさか……。どうして……」

すっかり意気消沈した町の人たちを見て、ルーカスが満足そうに言う。

「私は弟に、朝までに悔い改め、魔石を持って自首しろと言ったが、結局現れなかった。故に、我々はこれよりこの共謀者を処断し、裏切り者を捕らえるため、森を焼き払う！」

（……っ、なんてことを……！）

とんでもないことを言い出したルーカスを見上げ、リュイは怒りに肩を震わせた。

森を焼き払ったりなんてしたら、そこに棲む生き物は皆、行き場を失う。

それだけではない。近隣の町や村の人間だって、豊かな実りや、狩りで得られる食料を失うことになる。

この町の水源である小川も使えなくなるだろう――。

町の人々も、すぐに自分たちの生活に及ぼす影響に思い至ったのだろう。あちこちで、不満の声が上がり出す。

「ちょっと待って下さい！　そんなことをされたら困ります！」

「あの森は、俺たちの狩り場なんだ！　勝手に焼き払うなんて、やめてくれ！」

そうだそうだと同調する人々の声が、制止する兵士たちの声を呑み込み、どんどん大きく膨れ上がっていく。

見る間に不機嫌な表情になったルーカスが、櫓を取り囲む民衆に怒鳴り散らした。

「うるさい、黙れ！　私はお前たちのためにやるんだ！　魔物に襲われてもいいのか！」

脅しめいたことを言うルーカスに、人々も負けじと怒鳴り返す。

「魔石がなければ、魔物だって大人しくなるだろ！　魔石を取り戻すだけなら、森を焼く必要なんてない！」

「そもそも、本当にレオンハルト様が魔物を操ってたのか？　そいつが共犯の証拠は？」

「証拠もないのに殺そうとするなんて、いくら魔物相手でもおかしくないか？」

「この……っ、黙れ、黙れッ！　おい、こいつら全員、今すぐ牢にぶち込め！」

わあわあと主張する人々に、怒りで顔を真っ赤にしたルーカスが叫ぶ。

——と、その時だった。

不意に、人垣の一部がシンと静かになる。

気づいて顔をそちらに向けたリュイは、思いがけない光景に大きく息を呑んだ。

「……っ」

そこには、ここに現れてほしくないとずっと願っていたレオンの姿があったのだ。

ただし、数人のゴブリンたちに取り囲まれ、フラムに半ば担がれて頭から血を流し、ぐったりと意識を失っている様子で——。

「……どういうことだ？」

訝しげに呟いたルーカスが、リュイの髪から手を離す。前に進み出たルーカスをよそに、リュイは混乱しながらもじっと一行の様子を見つめていた。

どうやら先頭にいるのはネイシャで、他の面々は里の若者たちのようだった。ネイシャの隣には手を後ろに縛られ、憔悴《しょうすい》した様子のロッドもいる。

鎧《よろい》姿のレオンは、フラムに肩を貸されているような格好だったが、実際にはほとんど歩いておらず、爪先《つまさき》がずるずると引きずられていた。

「ゴブリンだ……！　ウェアウルフもいるぞ……！」

「おい、あれはレオンハルト様か？」

ざわめく人々が、恐れおののいたように一行に道を譲る。

一行を率いて櫓の前まで歩いてきたネイシャが、ルーカスを見上げて言った。

「王子と裏切り者は引き渡す！　だから、リュイを返してちょうだい！　そしてもう、私たちには関わらないで！」

「……なるほどな。これは予想外だ」

ちらり、とリュイを見やって、ルーカスが嘲笑する。

「醜い怪物にも、一応仲間がいたということか。レオンハルトめ、下手を打ったな」

くっくっと愉快そうに笑うルーカスを睨み返す余裕もなく、リュイは茫然と彼らを見つめ続けていた。

（僕を助けるために、レオンさんを……？）

まさかネイシャがそんなことをするなんて思ってもみず、リュイは愕然としてしまう。

レオンのことをよく知らない里の若者たちならともかく、ネイシャはレオンの人となりも、リュイが彼に想いを寄せていることも知っている。フラムだって、言わずもがなだ。

そんな彼らがどうしてと混乱するリュイには構わず、ルーカスがネイシャに問いかける。

「魔石はどこだ」

「……ここよ」

ネイシャが掲げたのは、確かに紫色に輝くあの魔石だった。

途端に剣を構え、緊張を露わにした兵たちを鋭く見渡し、ネイシャが言う。

「リュイと交換よ！　でなければ渡さない！」

「……おい、あれは本物か？」

確認を取ったルーカスに、そばに控えていた魔術師が間違いございませんと答える。それを聞いて、ルーカスはフンと鼻を鳴らすと、顎をしゃくって言った。

「上がって来い。ただし、お前一人でだ」

「……分かったわ」

頷いたネイシャが、一行から離れて櫓に上がってくる。

兵士に腕を引かれて立たされたリュイは、ネイシャに視線で必死に訴えた。

（駄目です、ネイシャさん……！　魔石を渡したらいけない……！）

彼女自身、あの魔石の力で操られたのだから、あれがどういう代物《しろもの》かは分かっているはずだ。それに、ロッドの話を聞けば、ルーカスに魔石を渡すのがどんなに危険かも察しがつくだろう。

それなのに何故、と視線に込めたリュイだったが、ネイシャはリュイには応えず、ルーカスの前に進み出る。

ネイシャを睨み据えつつ、ルーカスが言った。

「薄気味悪い魔物め……。さっさと魔石を渡せ」

「リュイが先よ」

「魔石が先だ」

譲るつもりはないとばかりに、ルーカスが横柄に言う。

ネイシャがため息をついて折れた。

「では、同時に」

「よかろう。……こっちへ来い」

リュイの腕を乱暴に摑んで引っ張ったルーカスが、櫓の端に立つ。

隣に立たせられたリュイは、櫓の下でこちらを見上げる一行をちらりと見やった。

（フラム……！　今すぐレオンさんを解放して……！）

ぐったりとフラムに担がれたままのレオンは、未だに意識を取り戻す様子がない。せめてフラムが彼を解放してくれたらと思ったリュイだったが、フラムはリュイの視線に気づくと、つらそうな表情でふいっと横を向いてしまう。

（フラム……！）

どうしてと絶望したリュイだったが、その時、ネイシャがこちらに歩み寄ってくる。

真正面に立った彼女に、ルーカスが言った。

「一、二、三だ。いいな？」

「ええ」

互いに睨み合ったまま、二人が数を数える。

「一、二……」

だが、ネイシャの唇が三と動く寸前、ルーカスがニヤリと笑い、リュイを勢いよく突き飛ばした。

（……っ！）

「リュイ！　あっ⁉」

宙に浮いたリュイの視界の端で、叫んだネイシャの手から無理矢理魔石を奪い取ったルーカスが、すかさず彼女も突き飛ばす。

（落ちる……！）

地面に叩きつけられることを覚悟し、ぎゅっと目を瞑ったリュイは、しかしその寸前、ドッと誰かに抱きとめられ――、驚きに大きく目を瞠った。

（レオンさん⁉）

「……っ、間に合ってよかった」

リュイを抱きしめ、ほっとした表情でそう呟いたのは、先ほどまでぐったりと意識を失っていたはずのレオンだったのだ。

その青い瞳はしっかりとこちらを見つめており、大怪我によるダメージがあるようには到底見えない。

（どうして……！）

一体どういうことなのか、なにがどうなっているのかと混乱したリュイだが、その隣でフラムに抱きとめられたネイシャが、レオンに言う。

「ごめんなさい、レオン！　魔石が……！」

「ああ、奪い返すぞ……！」

レオンの一言に、ゴブリンたちが一斉に剣を抜く。地面に下ろされたリュイは、駆け寄ってきたロッドに猿轡と手の拘束を解かれて、目を瞬《しばた》かせた。

「な……、なに……？　どうして……？」

「あなたを助け出すために、皆でひと芝居打ったんです。オレもレオンさんも、わざと捕まった振りを。……本当にすみませんでした、リュイさん」

手短に告げたロッドが、リュイに謝ってくる。まだ混乱しつつも、ううんと頭を振って、リュイはレオンを見やった。

「じゃ……、じゃあ、レオンさんのその血は……」

「ああ、これは自分でやったんだ」

「っ！　て、手当てを……！」

てっきり血も作り物なのかと思いかけたが、そうではなかったらしい。慌てたリュイを、レオンが静かに制する。

「いや、それは後回しだ。……まだ、やることがある」

穏やかな口調ながら、鋭く眇めたその目は櫓の上の兄を見据えている。

仁王立ちでこちらを見下ろしたルーカスが、レオンを睨んで唸った。

「レオンハルト、貴様……！　っ、奴らを捕らえろ！」

居丈高《いたけだか》に兵に命じるルーカスを見て、人々がざわめき出す。

「どういうことだ？　ルーカス様の仰っていたことが本当なら、魔物がレオンハルト様と手を組んでいるはずはないよな？」

「そうよね……。本当にレオンハルト様が魔物を利用しようとしていたのなら、魔石もないのに魔物がレオンハルト様に従うわけがないわ」

小さな疑問の芽が、次々に彼らの心に生じるのを見て、レオンが声を張り上げた。

「聞いてくれ！　先ほど兄が言っていたことは、すべてデタラメだ！　兄こそが、王位を狙って魔石を使い、魔物たちを操っていたんだ！」

レオンの言葉に、民衆がどよめく。どけ、道を空けろ、と騒ぐ兵士たちに懐疑的な目を向けた人々が、彼らの行く手を阻み始めた。

レオンが、リュイの肩をぎゅっと抱いて続ける。

「ここにいる彼らは、決して敵ではない！　その証拠に、この三十年、魔物に襲われた人間はいないだろう⁉　彼らは本来、我々のよき隣人だ！　……そうだろう、リュイ？」

レオンに促されて、リュイは少し戸惑いつつも意を決して声を上げる。

「は……、はい。僕は……、僕たちは、決して人間を襲いたいなんて思っていません……！　皆さんと同じで、家族や大切な仲間と、ただ穏やかに暮らしたいだけです！」

自分の言葉なんて、届かないかもしれない。

けれど、初めから諦めてしまったら、理解してもらえない。

信じてほしいのなら、声に出して伝えるしかないのだ。

「お願いします……！　どうか、僕たちのことを信じて下さい！」

頭を下げたリュイに、民衆が再びざわめき出す。と、その時、一人の女性が叫んだ。

「リュイって……、あんたまさか、カガリさんお抱えの薬師《くすし》のリュイかい⁉　いつもラハナの実を安く卸してくれてる、あの⁉」

女性の叫びを聞いて、人々がどよめく。

「お……、俺の娘も、カガリさんからラハナの実を譲ってもらって、命が助かったんだ！」

「ラハナの実だけじゃないぞ！　この町で安く薬が手に入るのは、リュイって人が破格で薬草を譲ってくれてるおかげだって、噂で聞いたことがある！」

「あ……、えっと……」

自分を見る周囲の人々の目が、感謝に満ちたものに変わるのを目の当たりにして、リュイは当惑してしまう。だがその時、人垣の向こうから叫ぶ声が聞こえてきた。

「ああ、その通りだ！　この町の者は皆、彼の育てた薬草や薬に助けられてる！　彼は、この町皆の恩人だ！　彼こそが、俺の最も信頼する薬師のリュイだ！」

見ればそこには、ウェアウルフの集団を従えたカガリがいた。

突然現れた獣人たちに思わずおののく人々を、まあまあ落ち着け、大丈夫だから、取って食いやしないって、と適当にいなして、カガリが人混みを縫って歩み寄ってくる。

兵士たちとは異なり、サッと道を空けた人々のおかげですんなり到着したカガリに、レオンが苦笑して言った。

「……遅刻ですよ、カガリさん」

「まあそう言うなって。大事な任務をこなしてきたんだぞ、こっちは」

そう言ったカガリのすぐ後ろにいたウェアウルフが、不意に地面に片膝をつく。人垣で見えなかったが、どうやら彼は腕にゴブリンの少女を抱えていたらしい。

「お兄ちゃん……！」

地面に下り立った少女が、ロッドに向かって駆け出す。

「……っ！」

大きく目を瞠ったロッドもまた、ぐしゃりと顔を歪めて妹へと駆け寄った。

「無事で……、無事でよか……っ、……っ！」

地面に膝をついて妹を抱きしめたロッドが、とても言葉が続かない様子で大声で泣き出す。

お兄ちゃん泣かないで、と妹に頭を撫でられ、一生懸命なだめられているロッドに、リュイはほっと安心して微笑んだ。

「皆！　来てくれてありがとな！」

尾を振って仲間たちに駆け寄ったフラムが遠吠えをすると、ウェアウルフたちもそれに勇ましく応える。

ビリビリと鼓膜を震わせるような遠吠えに顔をしかめて、櫓の上でルーカスが地団太《じだんだ》を踏んで唸った。

「この……！　なにが薬師だ！　あんな薄汚い怪物を恩人扱いするなんて、お前ら正気か⁉」

「薄汚い怪物はお前だ……！」

声を上げたのは、民衆の中の一人だった。

まっすぐルーカスを見上げ、拳を振り上げて告げる。

「俺は兵士から聞いたんだ！　あいつがゴブリンの子供を捕らえて、その兄を脅して魔石を使わせてたって！」

「じゃあルーカス様は本当に、魔物を操って俺たちを襲わせようとしてたのか！」

「しかも、その罪をレオンハルト様になすりつけようとしてたなんて……！」

ルーカスを見る人々の目が、怒りに満ちていく。

一瞬たじろいだルーカスは、しかしすぐさま憤怒の表情を浮かべ、そばに控えていた魔術師に命じた。

「……っ、お前、今すぐ魔石を使って、あの魔物共を狂暴化させろ！」

「で……、ですが、そんなことをしたら町の者が……」

狼狽える魔術師に、ルーカスが怒鳴る。

「構わん！　一人残らず殺してしまえ！　そのまま、この国を滅ぼしてやる……！」

手に入らなければ壊してしまえと言うルーカスに、民衆がワッと櫓へと押し掛けた。

「そんなことさせるか！」

「あいつをとめろ！　魔石を奪え！」

だが、ルーカスの腹心が、すかさず櫓へと続く階段へと駆け寄り、群がる人々を力ずくで押し返す。

「不届き者めが……！　衛兵！　こいつらを排除しろ！」

揉み合う人々をよそに、ルーカスに迫られた魔術師が怯えながらも呪文を唱え始める。

魔術師の手から溢れ出した禍々しい紫の光が、櫓の下に集まったゴブリンとウェアウルフたちに降り注ぐ――。

「……っ、いけない……！　皆、早く逃げて……！」

このままでは、また狂暴化してしまう。

いくら町の人たちが信じてくれても、理性を失って暴れ出したら、なにもかも終わりだ。

込み上げる息苦しさに顔を歪めながらも急いで声を上げたリュイだったが、その時、レオンが優しく肩に手を置いて言う。

「……大丈夫だ、リュイ。彼らにはもう、あの魔石の力は通用しない」

「え……」

一体どういう意味かと戸惑ったリュイの前で、レオンがカガリから小瓶を受け取る。

素早く蓋《ふた》を引き抜いたレオンは、その中身を呷《あお》ると、突然リュイにくちづけてきた。

「……っ、ん……！」

こんなところでいきなりなにを、と驚きと羞恥《しゅうち》に狼狽えたリュイに、レオンが口移しでなにかを飲ませてくる。

こく、と反射的に喉を鳴らしたリュイは、強烈な酸っぱさに、ぎゅっと眉を寄せた。

「っ、これ……⁉」

覚えのある味に声を上げて、ふと気づく。

先ほど感じた息苦しさ、頭を締めつけるような感覚が、嘘のように消えている。

それだけではない。

周囲のゴブリンやウェアウルフたちも、誰一人として理性を失っていないのだ――。

「……っ、どういうことだ……！　何故奴らは狂暴化しない⁉」

櫓の上で魔術師に摑みかかるルーカスをよそに、リュイはレオンを見上げて聞いた。

「もしかしてこれ……、ギィの実の果汁、ですか？」

「ああ。正確には、ギィの実を搾《しぼ》って煮詰めて、濃縮させたものだ。ここに来る前、皆もこれと同じものを飲んでる」

レオンの言葉に、ネイシャが頷いて続ける。

「実は、ギィの実には魔石の力を無効化する効果があることが分かったの。それに気づいたのは、ロッドよ」

「……本当は、ゴブリンの里で魔石を使う前に、ウェアウルフの里で使うよう指示されていたんです。でも、何度魔石を使っても、ウェアウルフたちはなにも反応しなくて……」

妹と手をしっかり繫いでそう言うロッドは、ようやく少し落ち着いた様子だった。

ロッドの肩をぽんと叩いて、フラムが告げる。

「でも、魔王のいた頃は、オレたちウェアウルフも魔石で操られてた。その頃と変わったことといえば、住処《すみか》が変わったことと、その近くに生《な》ってたギィの実を食べるようになったことくらいしか思いつかなかった。それで、もしかしてって話になったんだ」

ネイシャがいきなりロッドの口にギィの実を押し込んで、皆から離れたところまで引っ張ってって魔石を使ってさあ、とフラムが笑う。

どうやらネイシャは多少荒っぽい手段を取ったようだが、おそらくそれは、ロッドが仲間たちに許してもらえるきっかけを少しでも作るためだったのだろう。

よかったな、怪我はないか？　と口々にロッドの妹を気遣うゴブリンたちを見て、リュイはほっと一安心しつつ、口の中に残る強烈な酸っぱさに舌を巻いた。

（ギィの実にそんな効果があったなんて……）

もしかしたら、自分が最初に魔石の力に抗えたのも、ハーフだからという理由だけでなく、多少なりともギィの実を食べていたからだったのかもしれない。

フラムに感謝しないと、と思ったリュイだったが、その時、櫓の上からルーカスが怒鳴り散らす声が聞こえてくる。

「おい、さっさとなんとかしろ！　魔物を操れなかったとしても、魔石の力があれば、強力な魔法が使えるはずだろう！」

階段には大勢の民衆に加え、ウェアウルフたちも押し掛けており、兵たちは押され気味だ。ワァワァと迫る喧噪《けんそう》に、ルーカスが焦った様子で喚く。

「っ、火だ！　炎を出せ！　この町を全部燃やしてしまえ！」

「悪あがきはやめろ！」

鋭い声でルーカスを制したのは、レオンだった。フラム、と声をかけつつ、身を屈めてリュイの頬に軽くくちづけ、先ほどとは打って変わって甘く微笑んで言う。

「君はここにいてくれ」

「え……」

一体どうするつもりか、階段は人でいっぱいなのにと戸惑ったリュイだったが、レオンは表情を改めると身を翻《ひるがえ》し、少し離れた場所でしゃがんだフラムへと駆け寄る。

「レオン！」

「ああ！　頼む！」

短いやりとりで呼吸を合わせたフラムが、駆け寄ってくるレオンに両手を差し出す。

レオンがそこに足をかけた瞬間、フラムが勢いよく立ち上がり、レオンを空中へと放り投げた。フラムの手から跳躍したレオンが、そのまま見事な軌道を描いて櫓の上にトッと降り立つ。

「な……」

驚くルーカスと魔術師をよそに、レオンが素早く剣を抜き、魔術師へと斬りかかった。

「そこまでだ……！」

しかしその切っ先は、魔術師に触れる寸前で、ルーカスの剣に阻まれる。腰を抜かした様子でへたり込んだ魔術師をよそに、ルーカスがチッと鋭く舌打ちした。

「この……っ、どこまでも邪魔な奴め……！」

ギリギリと歯ぎしりをしたルーカスが、力任せにレオンに打ち込んでくる。

冷静な眼差《まなざ》しでそれを受けとめるレオンの姿を下から見上げて、リュイはぎゅっと胸元で拳を握りしめた。

（レオンさん……！）

悪事を企んでいたとはいえ、ルーカスはレオンにとっては実の兄だ。その兄を自らの手で倒さなければならないなんて、どれだけつらい思いをしていることだろう。

だが、ルーカスはここでとめなければならない。ここで負けたら、待っているのは国の破滅だ。

彼に苦しんでほしくない。でも、必ず勝ってほしいし、なによりも無事でいてほしい。

祈るような気持ちでリュイが見守る中、がむしゃらに攻撃していたルーカスの息が上がり出す。

「くそぉ……ッ！　ぐ……！」

額に脂汗を浮かべたルーカスが叫んだ次の瞬間、レオンが重い一撃をその胴に叩き込んだ。

呻き声を上げたルーカスの隙を逃さず、一気に間合いを詰めて反撃に転じる。

「く……っ！」

あっという間に攻勢に回ったレオンの剣を必死に受けとめ、ルーカスが顔を歪ませる。

じりじりと容赦なく兄を追いつめながら、レオンが唸った。

「降伏して下さい、兄上……！」

「誰が……ッ！」

レオンを睨み返すルーカスだが、すでに体力は尽きかけており、足元はふらつき始めている。

このままなら勝てる、とリュイがほっとしかけたその時、不意に櫓の階段がミシミシと不穏な音を立て始めた。

「……っ！　危ない……！」

大勢の人間とウェアウルフの重みに耐えきれなかったのだろう。バキバキバキッと凄まじい音を立てて階段が壊れ始める。

リュイは咄嗟に、崩れ落ちる階段の上で悲鳴を上げる人々へと手を翳《かざ》し、防御魔法を唱えた。だが、人数が多すぎて、とてもすべての人に行き届かない。

「く、う……！」

歯を食いしばるリュイを見て、ネイシャがすかさずゴブリンたちに声をかける。

「皆、あの人たちを！」

ロッドを始めとしたゴブリンたちが防御魔法で人々を守っている間に、ウェアウルフたちが階段の周囲の人々を急いで避難させる。

ドッと崩れ落ちた階段の下敷きになった人がいないことを確認して、リュイはほっと息をついて魔法を解いた。瞬間、強い目眩《めまい》に襲われ、その場にかくんと膝をついてしまう。

「……っ、リュイ！」

ルーカスと打ち合っていたレオンが、ちらっとこちらに視線をやり、思わず声を上げる。

攻撃の手がゆるんだその一瞬、カッと目を見開いたルーカスが、唐突に剣を打ち捨て、すっかりへたり込んでいた魔術師へと駆け寄った。

「どけッ！」

ドッと魔術師を突き飛ばしたルーカスが、転がっていた魔石に飛びつく。あっと思った時にはもう、ルーカスは紫の輝きを放つその魔石を飲み込んでいた。

「っ、いけない、兄上……！」

すぐに駆け寄り、吐き出させようとするレオンだが、ルーカスはとても尋常ではない様子で悶《もだ》え苦しみ出す。

「ぐ、あッ、あ、あああッ！」

すさまじい膂力《りょりょく》でレオンを振り払ったルーカスの体が、ぼこぼこっと不自然に膨らみ始める。まるで湯が沸く時のように、ぼこっぼこっと膨らみ続けるその異様な様に、その場の誰もが息を呑んだ——、次の瞬間。

「アァアアアアッ！」

絶叫したルーカスの体から、紫の光線が四方へと放たれる。光線が当たった周囲の建物が、ドンッとまるで爆発するような音を立てて崩れ始めるのを見て、人々が悲鳴を上げた。

「に……、逃げろ！」

「離れるんだ、早く！」

逃げ惑う人々の中、リュイは懸命に立ち上がって叫ぶ。

「フラム！　僕をレオンさんの近くに！」

「……っ、なに言ってるんだ、リュイ！」

「いいから、早く！　レオンさんを守らないと……！」

櫓の上に取り残されたレオンは、あの光を遮る術がない。今は身を低くして避けているが、当たったら一巻の終わりだ。

すぐに防御魔法を使いたいが、先ほど全力を出したこともあって、遠くにいる彼まで魔法が届きそうにない。だが、近くに行けば、彼を守れる。

「お願い！　今すぐ僕を、あそこへ投げて！」

「……っ、分かった……っ」

鬼気迫るリュイに、フラムが躊躇いながらも折れてくれる。素早くリュイを抱えたフラムは、腕の力に任せて櫓の上へとリュイを放り投げた。

「行け……！」

「っ、レオンさん！」

上空高く舞ったリュイに、レオンが目を瞠る。

「リュイ⁉」

ビッと飛んできた紫の光線が、リュイの頬を掠《かす》める。チリッと焦げる感覚に眉をきつく寄せながらも、リュイはまっすぐレオンを見つめ、大きく手を広げた彼の腕の中に飛び込んだ。

「……！」

息をつく間もなく、すぐさま自分たちに防御魔法をかけ、飛んできた光線をはね返す。

目の前で蠢《うごめ》くルーカスは、すでに人の形を失っており、オォオオオ、と獣のような唸りを上げ続けていた。

「っ、……っ、君は……っ、なんて無茶を……！」

慌ててリュイを背に庇い、とても言葉にならない様子で呻くレオンに、リュイは短く謝って告げる。

「ごめんなさい……！　でもこれで、反撃できます！」

レオンが動きやすいよう、彼の前面に強力なバリアを張る。

「……っ、少ししか保《も》ちません！　早く……！」

リュイの叫びに、レオンが応じようとした、その時だった。

「レオンハルト！」

不意に、上空から女性の声が響き渡り、レオンの目の前にザッと大剣が突き刺さる。

驚いて見上げた先には、数頭の飛竜が宙を飛んでいた。その背に長い巻髪の女性が乗っているのを見て、レオンが呻く。

「姉上……！」

「え……っ」

どうやら女性はレオンの姉、アンナらしい。飛竜から身を乗り出したアンナが、こちらに向かって叫ぶ。

「父上の聖剣です！　その剣ならば、魔石を消滅させられるでしょう……！」

「アンナ様！　お摑まり下さい！」

彼女と一緒の竜に乗っていた護衛の騎士が、飛んでくる光線に気づいて叫ぶ。四方八方へと飛ぶ光線を避ける飛竜から視線を戻して、レオンが櫓に突き刺さった大剣を抜いた。

櫓から広場へと身を乗り出そうとしている、変わり果てた姿の兄を睨み、静かに呼吸を整えて、告げる。

「……頼む、リュイ」

「っ、はい……！」

頷いたリュイと共に駆け出したレオンが、ダッと床を蹴って大剣を大きく振りかぶる。

「終わりだ……！」

白銀の刃《やいば》が風を切ったその瞬間、リュイはレオンの前に展開していた防御魔法を素早く解いた。

「ァァアアアッ！」

ドッと大剣が突き刺さった途端、ルーカスの絶叫が広場に轟《とどろ》く。

パアッと辺りに広がった紫の光が、一瞬の後、ガラスのように砕け散り、キラキラとその場に降り注いだ。地面に触れた瞬間、儚《はかな》い雪のようにサアッと消えていくその光に、誰かがぽつりと呟く。

「綺麗《きれい》……」

——息絶えたルーカスは、いつの間にか元の姿に戻っていた。

大剣を引き抜いたレオンが、その口元に転がる紫の石に剣先をあてがう。

「……っ」

だが、絶命した兄の顔が目に入ってしまったのだろう。息を詰めるレオンに気づいたリュイは、背後から彼を抱きしめるようにして、柄を握るその手に自分の手を重ねて言った。

「……目を閉じて下さい、レオンさん。僕が、あなたの代わりに見届けますから」

「リュイ……、……ああ」

頷いたレオンが、そっと目を閉じる。そのまま、と囁いて、リュイはレオンの手をぎゅっと強く握った。

パキンッと小さな音を立てて魔石が砕け、わずかな紫煙が宙に漂う。強大な魔力の源は、呆気《あっけ》なく風にさらわれ、掻き消えた。

見る間に黒く変色し、ただの石ころになった魔石を見つめて、リュイはレオンに告げる。

「……終わりました、レオンさん」

「……っ、ありがとう、リュイ」

大剣を握りしめたまま、レオンが低い声を絞り出す。

人々の歓声が響く中、リュイは俯く彼を背後からぎゅっと抱きしめた。

震えるその肩が、誰にも見えないように——。

――数日後。

こっちだよ、とレオンに案内されたのは、城の一角にある小離宮だった。豪奢《ごうしゃ》な城とは打って変わり、緑に囲まれた静かなその離宮は、レオンたちの母が生前好んで過ごしていた場所らしい。

「ここは、父上がずっと欠かさず手入れをしていてね。母上が生きていた頃と、ほとんど変わっていないんだ」

「そうなんですね」

庭には多くの木が植えられ、小さな森のようになっている。木陰にはリスなどの小動物の姿もあり、小鳥の囀《さえず》りも聞こえてきた。

どこか自分の家の周囲に似た雰囲気にほっとしながら、リュイはレオンに促されて離宮へと足を踏み入れた。

――あの日、魔石を破壊した後、リュイは魔力の使い過ぎで昏倒してしまった。気がついたのは丸一日経った後で、そばにはずっと付き添ってくれていたらしいレオンがいた。

レオンの話によると、リュイはアンナの計らいで飛竜に乗せられ、城まで連れてこられたらしい。心配したフラムも一緒に来ていて、彼もずっとリュイに付き添ってくれていたとのことだった。

王室お抱えの医師の診察を受け、数日間休養するようにと言い渡されたリュイは、レオンの用意してくれた客室でゆっくり体を休めさせてもらうことになった。

休養の間もレオンはずっとそばにいてくれて、リュイは改めて自分がしたことを彼に謝った。逃げてしまってごめんなさい、自分の弱さに向き合えず、あなたの言葉を信じきれなくてごめんなさいと謝るリュイに、レオンは自分こそすまなかったと言ってくれた。

『いくら目が見えなくなっていたからとはいえ、私は君の悩みに気づかず、それどころか追いつめるようなことを言ってしまった。あんなことを言われたら、君が思いつめるのも無理はない』

『そんな……、レオンさんのせいじゃありません。僕が勝手に誤解して……』

私が悪い、いいえ僕が、と譲らない二人に、いい加減にしろとフラムが割って入ってくれなかったら、自分たちは今頃まだお互いに申し訳ない気持ちを引きずっていたかもしれない。

(レオンさん、優しいのに結構頑固だから……)

レオンが聞いたら、どちらがと苦笑しそうなことを思って、リュイは繋がれた手にほんのり頬を染めた。

リュイの体調も快復した今日、レオンは姉と父に会ってくれないかと言ってくれた。

姉のアンナも、きちんと礼を言いたいと言っていた。父にも、自分の大切な恋人だと君を紹介したい、と。

（分かりましたってついては来たけど……。でも、レオンさんのお父さんってことは、この国の王様……、だよね）

王様に会うなんて、これまで考えたこともなかったから緊張してしまう。フラムは、自分は席を外すとついて来なかったが、こんなことなら一緒に来てもらえばよかった。

一体どんな人なのだろう、自分なんかが直接会っていいんだろうかと顔を強ばらせつつ、離宮の中を進んでいたリュイだったが、ほどなくしてレオンが一室の前で足をとめる。

「父上、レオンハルトです」

「ああ、入れ」

中から聞こえてきたのは、レオンとよく似た、低く穏やかな声だった。

緊張のあまり、繋いだ手に思わずぎゅっと力を入れてしまったリュイに、レオンが微笑みながら言う。

「大丈夫だよ、リュイ。そう緊張しないで」

「は、はい」

そう言われてもと、ますます顔を強ばらせつつもなんとか頷いたリュイにくすくす笑いながら、レオンがドアを開ける。

通された部屋は、落ち着いた雰囲気の客間だった。華美ではないが上質で美しい家具と大きな暖炉、いくつかのソファが置かれたそこは、ごく親しい友人を招くための部屋なのだろう。

　そのソファの一つに腰かけていた白髪《しらが》の男性とアンナが、立ち上がって二人を出迎える。

「父上、姉上。今日はありがとうございます」

　歩み寄ったレオンが、彼らと軽く抱きしめ合った後、リュイのそばに戻ってきて告げた。

「こちらは、リュイ。以前お話しした、私を助けてくれた恩人で、私の大切な恋人です」

「は……、初めまして、リュイと申します。えっと……、国王陛下とアンナ王女殿下におかれましては、ご機嫌麗《うるわ》しく……」

　こういう時はなんと挨拶すればいいのだろうと焦りながら、父の書斎にあった古い本の中にあった口上を思い出して懸命に告げたリュイに、王が大きく手を広げて言う。

「ああ、そうかしこまらないでくれ、リュイ。会えてとても嬉しいよ。君にも家族の挨拶をしたいんだが、いいだろうか？」

「は……、はい、もちろん」

　短く整えた髭《ひげ》が印象的な国王は、元勇者だけあって立派な体格の老紳士だった。精悍《せいかん》で優しげな眼差しが、レオンとよく似ている。

（あと三十年くらいしたら、レオンさんもこんな感じなのかな……）

　緊張しつつ、お会いできて光栄ですと国王とハグを交わしたリュイに、今度はアンナが歩み寄ってくる。

「こんにちは、リュイさん。私はレオンの姉のアンナです。体調はどうですか？」

「はい、おかげさまですっかりよくなりました。本当にありがとうございました」

怜悧《れいり》な美貌《びぼう》のアンナも、当然ながらレオンに似ていてドキドキしてしまう。

お礼を言ったリュイをふわりと抱きしめて、アンナがくすくす笑って言った。

「それはよかった。あなたが気を失った時のレオンの慌てぶり、是非見せてあげたかったわ。それはもう、ひどい狼狽えようだったのですよ」

「……意地が悪いですよ、姉上」

珍しく拗《す》ねたような表情のレオンが、リュイを抱きしめたままのアンナに文句を言う。

「それに、いつまでそうしているんです。リュイは私の恋人ですよ」

「だって、あまりにも可愛らしい方なんですもの。リュイさんはお嫌？」

にこ、とレオンによく似た美女に艶《あで》やかに微笑みかけられて、リュイは真っ赤に茹《ゆ》で上がってしまう。

「い……、いえ、嫌では……」

「……っ、私のリュイを誑《たぶら》かさないで下さい、姉上！」

慌てたように叫んだレオンが、アンナからリュイを取り返す。

しっかりとリュイを抱きしめて威嚇《いかく》するように睨む弟に、アンナが声を上げて笑った。

「ふふ、あなたのそんなに焦った顔、初めて見ましたよ、レオン」

「ああ、本当にな」

珍しいものを見たと笑う国王に、ますます顔を赤くしたリュイだったが、その時、不意に国王が表情を改めて告げる。

「……レオンから、ルーカスのことで君を大変な目に遭わせてしまったと聞いた。親として、本当に申し訳なく思う。すまなかった、リュイ」

頭を下げた国王の隣で、アンナも言う。

「私も、姉としてお詫びします。この度は申し訳ありませんでした、リュイ」

「私からも、改めて謝らせてくれ。兄が本当にすまなかった、リュイ」

三人に揃《そろ》って頭を下げられて、リュイはすっかり慌ててしまった。

「や……っ、やめて下さい、皆さん。頭を上げて下さい……！」

お願いですから、と懇願するリュイに、王がようやく顔を上げて口を開く。

「……本当にすまなかった、リュイ。今となっては言い訳にしか聞こえぬだろうが、ルーカスのことは数年前から動向に注意していて、考えを改めるよう、本人と何度も話してはいたのだ。だが、私が言えば言うほど頑なになってしまってな」

さんざん苦労してきたのだろう。息子の死を悼《いた》みながらも、その眼差しには複雑な感情が滲んでいた。

アンナも頷いて言う。

「私からも歩み寄ろうとしたのですが、反発するばかりで……。レオンハルトは、私たちとルーカスの仲をなんとか修復しようと、ずっと心を砕いてくれていたのです。……あなたにも苦労をかけましたね、レオンハルト」

「父上と姉上のご心労を思えば、どうということもありません」

頭を振ったレオンが、二人を見つめて続ける。

「むしろ、兄上をとめられず国民を危険に晒してしまったこと、兄上を救えなかったこと、すべて私の責任です。……申し訳ありませんでした」

「レオンさん……」

自分自身を責めるレオンに、リュイはそっと寄り添った。

いつの間にか変わってしまったとはいえ、レオンにとってルーカスは、それでも大切な家族だったのだ。

家族を失うつらさ、苦しさは、自分にも分かる——。

俯いたレオンの肩に手を置いて、父王が言う。

「お前はなにも悪くない。ここまで取り返しのつかないことになったのは、私が父親として、王として、誤っていたからだ。今回のことで、私はそれを痛感した」

「……父上？　まさか……」

なにかを覚悟したような父の口調に、レオンがハッとして顔を上げる。レオンに一つ頷いて、王はアンナに視線をやって言った。

「ああ。先ほどアンナにも話したところだ。私は近いうちに隠居し、アンナに王位を譲ろうと思う。政《まつりごと》からは身を引き、この離宮で静かに余生を送るつもりだ」

「……っ、父上……」

自身で引き際を決めた父に、レオンがぐっと息を詰まらせる。とても言葉にならないのだろう、涙を滲ませた息子に、国王は優しく何度か頷いて言った。

「今まで私を支えてくれてありがとう、レオンハルト。アンナならば、この国をよりよく導いていけるだろう。できることなら、お前には近くで姉を支えてほしかったが……」

そう言いかけた王を、アンナが遮る。

「駄目ですよ、父上。約束したはずでしょう。私たちの都合をレオンに押しつけない、と」

どうやらアンナは前もってレオンから、先々について相談を受けていたらしい。

姉上、と感謝の笑みを浮かべて、レオンが父王に告げる。

「父上。私はリュイと出会い、城の外からでもこの国のためにできることがあるのだと知りました。確かに、地位に伴う力は失うかもしれません。ですが私は、王子としてではなく一人の人間として、自分になにができるのか試してみたいのです。リュイと、共に」

「……レオンさん」

そっと繋がれた手を握り返して、リュイはレオンを見つめた。

微笑み合う二人を見て、王が苦笑して言う。

「分かった、分かった。すまぬ、つい寂しくてな。もちろん、私とてお前の生き方を制限するつもりは毛頭ない」

優しい瞳で息子を見つめて、王は穏やかに続けた。

「お前が自分自身で決めた道を歩んでくれれば、それが私にとっても一番の幸せだ。国のためにというその気持ちは嬉しいが、なによりもお前自身と、お前の愛する者のために生きてくれ。天国の妃《きさき》も、きっとそれを望んでいるはずだ」

「ええ、きっと」

王の隣で、アンナも微笑んで言う。

「なにかあったら、すぐ私たちを頼って下さいね、レオンハルト。私たちは、家族なのですから」

「姉上……、……はい」

ありがとうございますとお礼を言ったレオンに頷いて、アンナがリュイに向き直る。

「リュイ。私はこの国に暮らす同じ仲間として、人間と魔物の隔たりをなくすことが、王となる私の使命だと考えています。あなたのおかげで、両者のわだかまりはきっと少しずつ解けていくことでしょう。これからもどうか、あなたの力を貸して下さい」

「はい。僕にできることでしたら」

緊張しつつ答えたリュイに、お願いしますと優しく微笑んで、アンナは悪戯《いたずら》っぽく付け加えた。

「レオンハルトのことも、どうかよろしくお願いします。なにかあったらすぐ、私に言いつけて下さいね」

「……姉上」

途端に仏頂面《ぶっちょうづら》になったレオンが、低く唸る。

自分の前では決して見せないその顔に思わず吹き出しつつ、はいと頷いて、リュイは自分からレオンと手を繋いだ。

今度こそこの手を離さないと、固く誓いながら。

月の明るい、綺麗な夜だった。

（森は、あっちの方かな……）

城の客室のバルコニーで夜風に当たっていたリュイは、コンコンと響いたノックの音に慌てて振り返る。

「……っ、はい、どうぞ」

緊張しながら答えると、ドアを開けてレオンが現れる。

「こんばんは、リュイ」

優しく微笑む恋人は、普段よりもゆったりとした服装で、洗い髪もまだ少し湿っている。

大きく開いた胸元から覗く、鍛え上げられた体に自然と視線が引き寄せられてしまったリュイは、慌てて視線を逸《そ》らし、顔を真っ赤にしながら答えた。

「こ……、こんばんは、レオンさん」

昼間、リュイを家族に紹介した帰り道、レオンは改まった様子で、今夜部屋へ行っていいかと聞いてきた。

リュイが意識を取り戻すまで、フラムと一緒にリュイの部屋に泊まり込んでくれたレオンだが、今は寝る時は自分の部屋に戻っており、フラムも別の客室に泊まっている。

それでも毎晩、就寝前にはお休みを言いに来てくれているのに、どうしてわざわざ聞くのだろうと不思議に思いながらも、もちろんと頷いたリュイに、レオンは苦笑すると、そっと耳打ちして言い直した。

『君と朝まで一緒に過ごしたいのだけれど、それでもいい？』と——。

（そ……、そうだよね。恋人が夜に部屋を訪ねてくるっていったら、普通はそういう……、そういう意味、だよね）

鈍い自分を思い返し、改めて恥ずかしくなってしまったリュイだったが、レオンはリュイがバルコニーにいると見るや否や、持っていたバスケットをテーブルに置き、早足で歩み寄ってくる。

「そんなところにいたら、体が冷えてしまうよ、リュイ。こっちにおいで」

差し伸ばされた手をおずおずと取ると、すぐに抱き寄せられ、長い腕に包み込まれる。

こんなに冷えて、と心配そうに眉をひそめ、リュイの指先にあたたかい息をかけてくるレオンにドキドキと鼓動を高鳴らせながら、リュイはそっと聞いてみた。

「あの……、そのバスケットは？」

「ああ、ホットワインを作ってきたんだ。ちょうどよかった。一緒に飲んであたたまろう」

きっちり窓を閉めたレオンが、リュイをソファへと促す。

バスケットからポットを取り出したレオンに、ホットワインを注《つ》いだカップを渡されたリュイは、ありがとうございますと口をつけて、ほっと息をついた。

「……美味《おい》しい」

しっかりとアルコールが飛ばされたホットワインは、シナモンやカルダモンがふわりと甘く香って、とても飲みやすい。

ふうふうと少し冷ましながらもう一口飲んで、リュイは隣に座るレオンに問いかけた。

「あの、さっき作ったって言ってましたけど……、これ、レオンさんが？」

まさか王子の彼が厨房に立ったのだろうかと半信半疑で聞いたリュイだったが、レオンは笑って頷く。

「ああ。私は料理はまるで作れないが、これだけは得意なんだ。このホットワインは、子供の頃、眠れない時によく姉が作ってくれてね。母が教えてくれたレシピだそうだ」

幼い頃に母を亡くしたレオンにとって、姉が伝えてくれた母の味は大切な思い出の一つなのだろう。

（レオンさんの、お母さんの味……）

カップを包み込んだ手から、じんわりと伝わってくる温もりに、リュイは思わず目を伏せて呟いた。

「……なんだか、夢みたいです。僕はきっと、ずっと一人で生きていくんだろうなって思っていたから」

たとえ父があの家に帰ってきてくれたとしても、いつかは別れがくる。そうなったら、自分は本当に一人きりだ。

でもそれは仕方のないことなんだと思っていた。

自分は人間でも、魔物でもない。

誰からも仲間と認めてもらえない自分は、たとえ誰かを好きになっても、同じ『好き』を返してはもらえないだろう。

そう、諦めていた。――けれど。

「好きな人の大切なご家族に会わせてもらえて、こうして大事な思い出の味まで教えてもらえて……。……僕、こんなに幸せでいいのかな」

いくらそんなことを考えてはいけないと、彼の気持ちを疑うような言葉を発してはいけないと自戒しても、どうしても思わずにはいられない。

レオンの隣にいるのが自分で、本当にいいのだろうか。

人間の、それも王子の彼にふさわしい相手は、もっと他にいる。それは卑下でもなんでもなく、事実だ。

その事実があってなお、レオンは自分のそばにいると言ってくれている。

人間ではない、魔物ですらない、自分のそばに。

(……レオンさん、これからはこのお城を離れて、僕と暮らしてくれるって言ってた。でも、本当にそれでいいのかな)

自分は、彼が選ばなかった未来よりも、彼を幸せにすることができるんだろうか。

いつか、自分を選んだことを、レオンが後悔する日が来るんじゃないだろうか。

それでも彼のそばにいたいと、共に生きたいと、そんな身勝手なことを言っていいんだろうか。

この幸せを離したくないと、そう願っていいんだろうか——。

「……リュイ」

目を伏せて黙り込んでしまったリュイに、レオンが穏やかに声をかけてくる。優しくリュイの肩を抱いたレオンは、こめかみにキスを落として言った。

「私も時々、こんなに幸せでいいんだろうかと考えてしまうよ。私は君にふさわしい相手なんだろうか。君がくれる幸せ以上に、君を幸せにできるんだろうか、と」

「……レオンさんも？」

まさかレオンが自分と似たようなことを考えているなんて思ってもみず、リュイは驚いてしまう。

目を瞬かせるリュイにくすくす笑って、レオンが頷く。

「ああ、もちろん。私なんて、王子であることを取り上げたら、なんの面白味もない、普通の男だからね。もちろん、リュイが立場なんて関係なく私を想ってくれていることは知っているけれど、それでも不安になってしまう。……これぱかりは仕方ないんだ、だって私は君のことが好きなんだから」

「好き、だから……」

繰り返したリュイに、レオンは穏やかに問いかけてきた。

「リュイもそうだろう？　私のことが好きだから、嫌われるのが怖くて私の前から姿を消した……、ああ、謝らないで。責めているわけじゃないんだ」

表情を曇らせたリュイが謝ろうとしているのを見越して先回りしたレオンが、苦笑して続ける。

「実は、君のことを探している時、姉上に言われたんだ。あなたの恋人が姿を消したのは、きっとあなたのことを深く愛しているからだって。私はそれを聞いてとても嬉しかったし、そうであってほしいと強く思った。……実際そうだったと、自惚《うぬぼ》れてもいい？」

顔を覗き込むようにして、レオンが上目遣いで聞いてくる。

今まで見たことのない角度の彼が、なんだかたまらなく可愛く見えて、リュイはドギマギしながらも急いで頷いた。

「は、はい、そうです。……でも、僕がレオンさんを好きで不安になるのは分かるけど、レオンさんが同じように不安になるなんて、なんだか不思議です」

「……それだけ君のことを愛しているんだ、リュイ」

ふっと笑ったレオンが、空になったカップをリュイの手からそっと取る。ホットワインで湿ったリュイの唇を甘く啄《ついば》んで、レオンは穏やかに微笑んで言った。

「ねえ、リュイ。私は、君がどうしても見てほしくないと望むなら、この目を抉《えぐ》り出したっていい。君がそれで安心するなら、私はなんだってするよ。でもそれは、君を罪悪感で縛り付けることになる。私は、そうはしたくないんだ」

「……はい。僕も、レオンさんにそんなこと、してほしくありません」

自分のためにこの綺麗な目が失われてしまうなんて、レオンにそんな苦痛を味わわせるなんて、絶対に嫌だ。

きっぱりと言ったリュイに頷いて、レオンが告げる。

「私たちはお互いのことを好きすぎて、どうしても不安になってしまう。でも私は、君の不安をできるだけ減らしたいし、君に私のことを信じてほしいと思っている。私は君が人間でなくても愛している。君と共にいたいし、誰よりも君を幸せにしたい。……リュイ、君は？」

「僕、は……」

ほのかなランプの灯《あか》りに照らされた、美しい青い瞳を見つめて、リュイはきゅっと拳を握りしめた。

すぐに臆病になりそうな、不安に押し潰されそうな自分を懸命に奮い立たせて、目を逸らさず、唇を開く。

「……僕も、です。僕も、レオンさんが王子じゃなくても愛しています。レオンさんと、ずっと一緒にいたい。あなたを、幸せにしたい」

こんなことを望んでいいのか、自分にレオンを幸せにすることができるのか、考え出すと不安だし、自信だってない。

でも、不安だからと言ってレオンの気持ちを、言葉を疑うことは、もう二度としない。信じてほしいと言ってくれる彼のことを、信じているから――。

リュイは緊張しながらもレオンにそっと手を重ね、自分から唇を重ねた。触れるだけのそれをそっと解いて、囁く。

「……今度は僕があなたに、ホットミルクを作ります。僕の母がよく作ってくれた、思い出の味だから」

レオンがしてくれたように、自分の大切なものも少しずつ、彼に知っていってほしい。

そして、二人でたくさんの思い出を作っていきたい。

この先何年も、何十年も、一緒に。

「ああ、楽しみにしている」

リュイの気持ちをきちんと汲《く》み取ってくれたレオンが、嬉しそうに微笑んでくれる。

優しいその眼差しにほっとして、照れ笑いを返したリュイの頬に、レオンは身を屈めて幾度も短いキスをしてきた。

肌の色が違う箇所にも構わず、顔中至るところに降ってくるそれが嬉しくて、くすぐったくて、リュイはレオンをぎゅっと抱きしめて言う。

「ん、レオンさん、……ふふ、僕もキスしたいです」

くすくす笑いながら訴えるリュイに、レオンが優しく目を細めて囁く。

「ああ、たくさんしてくれ。……ベッドに連れて行っても？」

「ぁ……」

途端に顔を赤くしつつも、こくんと頷いたリュイを、レオンがサッと抱き上げる。慌ててレオンの首元にしがみついたリュイは、そのまま歩き出したレオンに狼狽《ろうばい》して言った。

「お……、重いから、下ろしてください……」

「駄目だよ、リュリュ。すぐにつくから、もう少し大人しくしていて」

「……っ」

二人きりの時にしか呼ばない愛称で優しく言い聞かせられると、途端にふわりと体温が上がってしまう。

抱き上げている腕からそれが伝わったのだろう。くすくす笑ったレオンが、リュイを見つめて言った。

「ああ、やっと君のこんな可愛い顔を見られる。……想像より、ずっと可愛い」

「そ……、そんな想像、しないで下さい……」

ちゅっとこめかみにくちづけながらベッドにそっと下ろされて、リュイはあまりの恥ずかしさにいたたまれなくなってしまう。

だがレオンは、ベッドに座らせたリュイの頬や首すじにキスを繰り返しながら、低く艶《つや》めいた声で笑って謝った。

「ん……、勝手に想像してごめん。今日は全部、見てもいい？　ここも……、……ここも、ここも、全部」

「……っ」

服の上から体のあちこちをそっと触られ、耳朶《みみたぶ》を甘く噛まれるともう駄目で、リュイは力の入らなくなった手でレオンの胸元にぎゅっとしがみついた。

じんと込み上げる疼《うず》きに熱い息を零すので精一杯なリュイを見つめて、レオンが言う。

「……君の全部が見たいし、全部が欲しい」

「ぁ……」

真剣な顔をしたレオンに、緊張しながらも頷こうとしたリュイだったが、その時不意に、レオンが小さく唸る。

「……駄目だ」

「え……」

なにが駄目なのか、なにかしてしまっただろうかと一瞬焦ったリュイに、レオンは苦悩の表情を浮かべて言った。

「すまない、リュイ。君に合わせてゆっくり進めるつもりだったけれど……、どうしても抑えきれない。君の全部を、ちゃんと私のものにしたい」

「……ちゃんと？」

どういうことかと当惑するリュイに、少し待っていて、と言い置いたレオンが、先ほどまで座っていたソファへと向かう。バスケットからなにか取り出し、ベッドに戻ってきた彼に、リュイは首を傾げた。

「それは……？」

レオンが取ってきたのは、どうやら硝子《ガラス》の小瓶のようだった。中にはとろみのある液体が入っている。

一体なんだろうと尋ねたリュイに、レオンが少し困ったような苦笑を浮かべて告げる。

「これは潤滑油だよ。男同士の恋人たちが愛し合う時に使うんだ。……リュイの、ここを」

「っ！」

そっとリュイを正面から抱きしめたレオンが、足を畳んで座っていたせいで浮いていたリュイの双丘をするりと撫で、奥に手を潜り込ませてくる。物心ついてから誰にも触られた覚えのない場所を下着の上からそっと触られて、リュイはびっくりして固まってしまった。

一瞬触れただけで、すぐに手を引いたレオンが、急にごめんねと謝って、先ほどの言葉を続ける。

「……ここをこの潤滑油で馴《な》らして、私を挿《い》れてもいい？」

「レオンさんを……？」

聞き返したリュイに頷いて、レオンが今度はリュイの手を取る。導かれたのは、まだ形を変えていないとはとても思えない大きさのレオン自身だった。

「私の、これを」

「……っ、こ、れを？」

レオンの問いかけに、リュイは真っ赤になって聞き返した。

（これって、だって……、えっ、これを⁉）

初めて想いを伝え合った夜、そういえばレオンが不思議と黙り込む場面があったことを思い出す。今にして思えば、あの時レオンはおそらくリュイの無知を知って、どうしたものかと考え込んでいたのだろう。

同性同士の愛し合い方を知らなかったことも恥ずかしいが、そんなところをレオンに触れ、あまつさえ彼自身を受け入れるなんて、考えただけで羞恥で目が回りそうな気がする。

それに。

「は……、入るんでしょうか、本当に。レオンさんのこれ、すごく大きいし……、っ⁉」

言葉の途中で、ぐんと手の中のものが質量を増して目を瞠ったリュイだったが、レオンはハ……、と熱い吐息を零すと、苦笑して言う。

「今のは、リュイが悪い」

「え……、ご、ごめんなさい……？」

そうなのかと、よく分からないながらも狼狽えて謝ったリュイに、レオンがくっくっと楽しそうに笑う。

リュイの手を自分の口元に引き寄せたレオンは、指先にくちづけて言った。

「……君が嫌なら、しない。だが、決して君を傷つけないと約束するから……、だから、もし怖かったり、恥ずかしいだけなら、私のために、どうか堪えてはもらえないだろうか」

「レオンさんの、ために……」

「ああ。……君を自分のものにしたい、哀れな男のために」

どうか、と呟いたレオンが、想いを込めるように唇を押し当ててくる。

熱い唇以上に熱い、じっとこちらを見つめる真剣な眼差しに、リュイはこくりと喉を鳴らして――、小さく、しかしはっきりと頷いた。

「……はい。僕も、レオンさんの全部が欲しいです」

怖いし、不安だし、恥ずかしくてたまらない。けれど、レオンに欲しがってもらえるのは嬉しいし、なにより自分もレオンが欲しい。

「うまくできないかもしれないけど……、でも、レオンさんと深く繋がりたい。あなたのものに、なりたい」

「リュイ……、ありがとう。……ごめんね、ずるい言い方をして」

ほっとしたように微笑んだ後、レオンが少し申し訳なさそうに、ちゅっと手のひらにくちづけて言う。

律儀《りちぎ》で優しい彼に、いいですよと小さく笑って、リュイはレオンの頬を両手で包み込み、その唇にキスを落とした。

「ん……、レオンさ……、は……っ」

すぐに絡《から》んできた舌に翻弄されながらも、懸命に舌を吸い返し、甘い蜜を飲み下す。

リュイが求めれば求めただけ、否、それ以上に強く、激しく求めてくれる恋人が嬉しくて、彼の温もりを一番近くで感じられることが幸せで。

「んー……！」

キスの角度を深くしたレオンに、逃がさないとばかりに強く抱きしめられ、じゅうっと音が立つくらいきつく舌を吸われて、リュイは頭の芯が痺《しび》れるような快感に、とろりと目を蕩《とろ》けさせた。唇を解き、リュイに呼吸する時間を与えてくれたレオンが、目を細めて可愛いと呟く。

濡《ぬ》れた唇の端にキスされながら寝間着を脱がされ、また深くくちづけられながらそっと寝台に寝かされて、リュイはぎゅっと敷布を握りしめた。下着一枚きりの姿になった自分を、熱っぽい目でじっと見つめるレオンに気づいて、恥ずかしさに視線を泳がせながら訴える。

「……っ、あの……、そんなに見られたら恥ずかしいです。その、レオンさんも……」

「……ああ、すまない。君があんまり綺麗で、つい。少し待っていて」

ちゅ、とリュイのこめかみにキスを落としたレオンが、手早く自分の服を脱ぐ。

惜しみなく晒されていく鍛え上げられたその体に、リュイは思わず見とれてしまった。

(綺麗なのは絶対に、レオンさんの方だ……)

薄っぺらい自分の体なんてとても比べものにならない、均整の取れた美しい体に見入っているると、リュイの視線に気づいたレオンがくすくす笑いながら下着姿で覆い被さってくる。

「どうやら君も、私のことを言えないようだけれど？」

悪戯《いたずら》っぽく微笑んだレオンに、かぷりと鼻先を軽く嚙まれて、リュイは真っ赤になって慌てて謝った。

「ご……、ごめんなさい……」

「ふふ、冗談だよ。……触ってもいい？」

すりすりと鼻先を擦《こす》り合わせたレオンが、唇を啄みながら問いかけてくる。リュイがこくりと頷くと、レオンは小さくありがとうと囁いて、そっとリュイの耳元から首筋、肩のラインを撫でてきた。

「ん……、レオンさんの手、大きい……」

「嫌じゃない？」

「嫌なわけ、ないです。大きくて、気持ちいい……」

手のひら全部を使って撫でられると、まるで猫にでもなって可愛がられているような心持ちになる。

ごろごろ喉が鳴りそう、とレオンの手にうっとり身を委ねていたリュイだったが、レオンは何故だかスッと真顔になって言う。

「それは……、……うん、とても可愛いけれど、私以外の男に言っては駄目だからね」

「……僕、レオンさん以外とこんなこと、しませんよ？」

まさか浮気を疑われているのだろうか、そんなこと絶対しないのに、と少ししゅんとしてしまったリュイだが、レオンはそれに気づくと、慌てたようにキスでなだめてくる。

「ああ、違うんだ、リュイ。君を疑ったわけじゃない。私の心が、汚れていただけだ」

そう言いつつも、レオンはなんだか楽しそうに苦笑を零す。

リュイは首を傾げて言った。

「レオンさんの心は、誰よりも綺麗ですよ？」

「……リュイ」

「こんなに優しくて素敵な人、世界中探したってきっとどこにもいません。……大好きです、レオンさん」

ぎゅっと首元にしがみつき、その唇に想いを込めてキスする。すぐに応えてくれたレオンが、リュイの舌を甘く吸って微笑んだ。

「ん……、その言葉、そっくりそのまま君に返すよ、リュイ。君こそ、世界中の誰よりも素晴らしい人だ。君に出会えて、私がどれだけ感謝しているか……」

ハ……、と熱っぽい息をついたレオンが、リュイの胸元を両手で包み込む。ちゅ、ちゅっとリュイの唇を啄みながら、レオンは親指の腹でそっと胸の先を撫でてきた。

「好きだよ、リュイ。……ここもとても、可愛い」

「……っ、そんな、とこ……、っ」

今まで特に意識したこともなかったのに、指先で優しく転がすように撫でられると、じわじわとむず痒《がゆ》いような、もどかしいような感覚が込み上げてくる。ぷくりと膨れて芯を持った尖《とが》りを、やわらかくきゅうっと摘《つま》まれて、リュイはたまらず息を詰めた。

「ん……っ、……っ」

ぴくぴくっと過敏に震えるリュイをじっと見つめながら、唇へのキスを繰り返していたレオンが、おもむろに下に移動する。なんとなく視線で彼を追ったリュイは、顔を寄せたレオンにちゅっと軽くそこを吸われて、驚きに目を瞠った。

「え、あ……っ、……っ、レオンさ……っ、あ、や……！」

戸惑うリュイをよそに、レオンがすっかり尖った乳首を舌でぬるりと舐《な》め上げてくる。熱い舌先でぬるぬるとくすぐられた後、ちゅうっと強く吸い立てられて、リュイは思わずレオンの頭を抱え込んでしまった。

「あ……っ、あっ、んん……っ」

そんなところで感じるなんて恥ずかしくてたまらないのに、こりこりと舌で舐め転がされ、甘く歯を立てられると、どうしても濡れた声が零れてしまう。反対側も爪の先でカリカリと引っ掻かれて、そこが気持ちのいい場所だと教え込まれて、少し怖いのに、同時にもっとしてほしくて。

「や……っ、あん、ああ、や……」

ちゅう、ときつく吸い上げられてももう気持ちいいばかりで、リュイは言葉とは裏腹にレオンの頭を自分の胸元にぎゅっと押しつける。

感じ入ったあえかな声を上げながらも、いやいやと頭を振って懸命に快感に抗おうとするリュイに、レオンがくすくす笑いながら問いかけてきた。

「ここは嫌？　じゃあ、こっちは？」

「あ……！　んんんっ！」

手を伸ばしたレオンが、もうすっかり下着を押し上げているリュイ自身を片手ですっぽりと包み込む。快感の塊《かたまり》のようなそこを、下着越しにそっとさすられて、リュイはより一層ぶんぶんと頭を振った。

「や……、そこ、したら、すぐ……っ」

「……すぐ、出ちゃう？」

あの一夜ですっかりリュイの弱いところを把握している恋人が、甘く微笑んでつうっと指先でそこを撫で上げる。もうじゅくじゅくに潤んでいる先端をくりくりと苛《いじ》められて、リュイは懸命に敷布を握りしめて訴えた。

「や、や……っ、だめ、それ、だめ……っ、レオンさん……っ」

「ん……、いいよ、リュイ。たくさん感じて、たくさん気持ちよくなって。私に、君の一番可愛い顔を見せて」

するりと下着の中に入ってきた大きな手が、濡れ始めた花茎を直《じか》に包み込み、くちゅくちゅと扱《しご》き立てる。同時に、もう片方の手で尖った胸の先を優しく引っ張られ、ちゅっと喉元にくちづけられて、リュイはたまらずぴゅっと少量の蜜を放っていた。

「あ、あっ、んんん……！」

「……可愛い……」

思わずといった様子で呟いたレオンが、伸び上がってくちづけてくる。リュイ、と囁かれながら甘く舌を搦《から》め捕られ、きゅうっと吸い上げられて、リュイは夢中でレオンの広い肩にしがみついた。

「ん、ん……、は……、レオンさん……」

とろんと蕩けた瞳で名前を呼び、はふ、とすっかり上がってしまった息を懸命に整えながら、目の前の形のいい唇に自分の唇をそっと押し当てて謝る。

「……ごめんなさい。僕一人だけ、気持ちよくなって」

「そんなの、気にすることないのに」

くすくす笑ったレオンが、ちゅ、ちゅ、と触れるだけのキスを返して身を起こす。見上げたリュイは、レオンが濡れた手を舐めようとしているのに気づいて、慌てて制した。

「っ、そんなの舐めないで下さい……！」

なにか拭くものはと見回し、サイドテーブルに置かれていたハンカチで拭う。

ごしごしと必死に自分の手を拭くリュイに、レオンが苦笑して言った。

「残念。もったいないな」

「もったいないなんてないです……！　おなか壊したらどうするんですか」

恥ずかしさに真っ赤になりながら怒るリュイにごめんごめんと笑って、レオンがリュイの手からハンカチを取り上げる。

ちゅ、とリュイのこめかみにキスを落としたレオンは、そっとリュイを自分の腕の中に閉じ込めて聞いてきた。

「……次は私も、君と一緒に気持ちよくなっていい？」

するりと腰を撫でられながら、じっと見つめられる。じりじりと焦げそうなくらい熱く艶《なま》めかしいその視線に、彼がなにを欲しているのか否応なく理解《わか》らされて、リュイはおずおずと頷いた。

「……はい。レオンさんと一緒が、いいです」

リュイの返事を聞いたレオンが、ふっと嬉しそうに笑みを浮かべる。再びリュイを仰向《あおむ》けに寝かせ、下着を脱がせたレオンは、緊張に身を強ばらせているリュイになだめるようにくちづけながら言った。

「ゆっくりするけれど、嫌だったり痛かったりしたら、我慢せずすぐに教えて。それから、恥ずかしいかもしれないけれど、気持ちよかったらそれも教えてほしい。君が気持ちいいと、私も嬉しいから」

「は……、はい」

羞恥を堪えて頷いたリュイに、ありがとうと微笑んで、レオンが敷布の上に転がっていた小瓶を取る。とろりとした中身を手にあけた彼は、そっとリュイの足を押し開いて、触るよ、と囁いた。

「……っ」

ぬるりと、あらぬところを触られる感触に、リュイは思わずびくっと震えて息を詰めてしまう。ぎゅっと目を瞑ったリュイのそこを優しく撫でながら、レオンは穏やかに微笑みかけてきた。

「大丈夫だよ、リュイ。無理に入れたりしないから、まずはゆっくり息をして」

「は……、はい」

そう言われてなんとか頷くが、そんなところをレオンに触られたままで緊張を解くことなど、とてもできない。けれど、早くレオンの求めに応えたい。

懸命に浅い呼吸を繰り返すリュイに、レオンがくすくすと苦笑しながら言う。

「本当に可愛いな、君は。好きだよ、リュイ。とても、……とても君を、愛している」

繰り返し愛を囁かれながら幾度もくちづけられ、合間に深く息を吸うように促される。

ようやく呼吸ができるようになり、体から力が抜け始めたリュイに、ちゅ、ちゅっと褒めるようなキスを繰り返しながら、レオンは目を細めて告げた。

「大丈夫、焦らないでいいよ、リュイ。君の全部をちゃんと、……ん、ちゃんと残らず、私がもらうからね」

「レオンさん……」

優しくて穏やかな声で、すべて奪うと宣言されて、安堵《あんど》が込み上げる。

こんな自分でも、どんな自分でも、レオンは欲しがってくれる。それが嬉しくて、嬉しくてたまらない――。

「ん……、レオンさん、大好き……」

ぎゅっとレオンの首元にしがみつき、自分から深いキスを求めて唇を開いたリュイに、レオンが望み通り蕩けるようなくちづけをしてくれる。甘く舌を吸われ、夢中でレオンの舌を吸い返すリュイに、レオンがふっと笑みを零して言った。

「挿入れるよ、リュイ」

「……はい……、ん……っ」

頷いた途端、ぬるぬるとそこを弄《いじ》っていた指が、ゆっくり中に押し込まれる。違和感はあるものの、指一本だけならそう苦しくもなくて、リュイはほっと息をついた。

リュイの様子をじっと見つめながら、レオンが心配そうに聞いてくる。

「……大丈夫？　痛くはない？」

「はい、大丈夫、です」

頷くと、レオンがリュイ以上にほっとした様子で微笑む。

「よかった……。……少し、動かしてみてもいい？」

「ん……、あの、キスしながらが、いいです」

おずおずとねだると、喜んでと笑ったレオンが唇を重ねてくる。角度を変えて幾度も唇を啄まれながら、ぬめる指をゆっくりと動かされて、リュイは小さく喘《あえ》ぎを漏らした。

「ん、あ……、ん、んん……、レオンさん、そこ……、そこ、なんか、変……」

レオンの指先が掠める度、じわじわともどかしいような甘い疼きが込み上げる場所がある。少し怖くて、逃げるように腰を揺らしたリュイだったが、レオンはしっかりとリュイを抱きすくめると、促すようにリュイの唇を舐めて問いかけてきた。

「ん……、痛い？　嫌？」

「痛くは、ないです……。でも、なんか……、……っ、あ……！」

戸惑うリュイの深くまで指を押し込んだレオンが、ひたりとそこを捕らえる。性器の裏側にある、ぷっくりした膨らみを探り当てたレオンは、くちゅくちゅと指先でそこをくすぐってきた。

「ひっ、あ……っ、あ、あ、や、や……っ」

こりこりと膨らみを優しく押し揉《も》まれる度、腰の奥にびりびりと甘い刺激が走る。

先ほど精を放ったばかりの性器が、あっという間に張りつめる様に混乱して、リュイはぎゅっと身を縮こまらせた。

「レオンさ……っ、それ、や……っ、あっやっ、やあ……っ、だめ、だめ……っ」

今まで経験したことのない強烈な快感に怯え、びくびくと身を震わせながら悶えるリュイに、レオンがごくりと喉を鳴らして問いかけてきた。

「……嫌？　怖い？　……気持ちよく、ない？」

熱っぽい声が、教えて、と唆《そそのか》すようにねだってくる。自分を見つめる欲情しきった雄の目に、リュイは思わずきゅうっと爪先を丸めて息を呑んだ。

正直に告げたら、きっと指先までどろどろに蕩かされてしまう。

今以上に気持ちよくされて、一番恥ずかしい顔を見られてしまう――。

「……っ、怖い……」

小さく震える声で答えたリュイに、レオンの瞳が一瞬陰る。しかしリュイはレオンがなにか言うより早く、彼の首元にぎゅっとしがみついて続けた。

「けど、い……、嫌じゃ、ない……、気持ち、い……っ、ひっ、あ、あ、んん……！」

告げた途端、ぐっと指先で強くそこを押し潰される。あられもない声を上げたリュイの唇を噛みつくように奪って、レオンは性急な仕草で一度指を引き抜くと、瓶の中身を指に纏《まと》わせて言った。

「……っ、力を抜いていて、リュイ」

「ん、ん……！　ふあ……っ、あああ……！」

こくこくと頷いた途端、二本に増えた指がぐじゅりとリュイの後孔を犯す。

まだ狭いそこを傷つけないよう丁寧に、けれどもう絶対に逃がさないとばかりに強引に深くまで濡らされ、開かれて、リュイは未知の快楽に溺《おぼ》れていった。

「は、あ、ん、ん、ああ、んんん……！」

揃えた指でぐりぐりと性器の裏側の膨らみを苛められると、目の前が眩《くら》んでしまいそうなほど気持ちがいい。

貪るようにキスをされながらぐちゅぐちゅと掻き回され、指のつけ根まで埋めたまま中をぐうっと押し開かれて、そこを彼のための場所にされていく。

幾度も潤滑油を足され、奥まですっかりとろとろにされた隘路《あいろ》は、指の本数を増やされてももう気持ちいいばかりで、リュイはぎゅっとレオンにしがみついて、びくびくと身を震わせた。

「ひうう……っ、んー……！」

「……っ、リュイ、駄目だよ。そんなに息を詰めたら、君が苦しい」

反射的に声を堪えてしまったリュイの唇を甘く噛んだレオンが、ゆっくりと指を引き抜く。ん、とくちづけてリュイの唇を開かせたレオンは、たっぷりとぬかるんだ後孔に揃えた指を再び押し込みながら、低く艶めいた声でリュイに告げた。

「ほら、こうされたら、息を吐いて……」

「は……」

「ん、上手。じゃあ次は、息を吸って……」

ぬ、ぬっとゆったりとそこを馴らしながら、レオンが一つ一つ、リュイに抱かれ方を教えてくれる。

もっと力を抜いてごらん、足を私の腰に回して、怖かったらしがみついて、君の可愛い声をたくさん聞かせて、と甘い声で囁かれながら、より太い、大きいものを模して、ぐちゅぐちゅと体の奥深くを可愛がられて、リュイはとろんと目を快楽に蕩けさせた。

「んん……っ、ふあ、あっ、あん、んんっ、レオンさ、んん……」

「……ん、ここ、もう怖くないね……？」

初《うぶ》な体をすっかり自分好みに染め上げたレオンが、くすくす笑いながら性器の裏側のあの膨らみをとんとんと突《つつ》く。じゅわりと滲む快感に、張りつめた性器からとろりと蜜を零しながら、リュイはこくりと頷いた。

「ん、ん……、そこ、気持ちい、です……。あの……、……も、もっと……」

顔を真っ赤にしながらも、おずおずと口に出してねだったリュイに、レオンが目を細めて頷く。

「ん……、じゃあ、たくさん愛してあげる」

ちゅ、とリュイの指先にキスを落として微笑んだレオンが、埋めていた指をゆっくりと引き抜く。ん、と息を詰めたリュイになだめるようにくちづけたレオンは、下着を脱ぐと、ぐっとリュイの膝を押し上げて大きく開かせた。

「……息を吐いて、リュイ」

「ぁ……」

ぴたりとそこに押し当てられた熱塊に緊張しながらも、リュイは先ほど教わった通り体の力を抜き、息を深く吐く。

微笑んだレオンが、ぐうっと体重をかけてリュイのそこに雄刀を押し込んできた。

「ひ、あ……！　あ、あ、あ……っ」

「……っ、リュイ、こっちを見て」

指で馴らしていても狭いそこに息を詰めながらも、レオンが呼びかけてくる。薄目を開けたリュイに、大丈夫、怖くないよと繰り返し囁きながら、レオンは少しずつ腰を進めてリュイの中に雄茎を納めていった。

「あ……っ、ん、んん……っ」

「っ、挿入《はい》った……、……つらくない、リュイ？」

息を荒らげ、きつく目を眇めながらも、レオンが心配そうに問いかけてくる。

ちゅ、ちゅ、と繰り返し頬にくちづけてくれるレオンに強ばる手を懸命に伸ばして、リュイはぎゅっと逞《たくま》しい肩にしがみついた。すぐに抱きしめ返してくれる腕に、ほっと息をついて頬を擦り寄せる。

「あの……、少し、怖かったけど」

「……うん」

「レオンさんの言ってた通り、こうしたら……、もう、怖くなくなりました」

はにかみながら、形のいい彼の唇にキスのお返しをすると、レオンが嬉しそうに微笑んでひそひそと内緒話をするように囁きかけてくる。

「ん……、じゃあ、このまま君を愛してもいい？」

「はい。……いっぱい、愛して下さい」

あの夜とは違って、自分の全部をさらけ出したまま愛して下さいと言えるのが、愛してもらえるのが嬉しくて、たまらなく幸せで。

教えてもらった通り、足を彼の腰に絡ませ、全身で愛を求めるリュイに、レオンが蕩けそうな顔で微笑む。

「リュイ、……リュリュ、私のリュリュ」

「ん……っ、あ、ん、んう、んん」

何度も名前を呼ばれながら唇を啄まれ、優しくゆっくりと揺さぶられる。

ぬちゅぬちゅと、ほとんど抜き差ししないままリュイの奥に幾度もキスをした後、レオンはじょじょに大きく腰を送り込み始めた。

「んっ、あ……っ、レオンさ……っ、ああっ」

「……っ、すまない、リュイ。だが、もう……っ」

堪えるように幾度も苦しげな息をつき、ぎゅっと自分を抱きしめて眉を寄せるレオンに気づいて、リュイは彼に唇を重ねて言う。

「ん……、い、から……っ、たくさん……、レオンさんの、好きに、して……?」

「っ、リュイ……！」

理性の糸が切れたように唸ったレオンが、ぐじゅんっと一気に深くまで貫く。

いっぱいに開かれたそこを、熱く太い雄で容赦なく擦り立てられて、リュイは自分を貪る恋人の肩に必死にしがみついた。

「ひぁあっ、あぁっ、あっあっあ！」

「リュリュ、……っ、好きだ、リュリュ」

彼だけが呼ぶ愛称で何度も囁かれながら、唇に、隘路の奥に、深くくちづけられる。厚い、熱い体に包み込まれ、逞しい雄茎であの膨らみを、とぷとぷと蜜を零す性器を大きな手でぐちゃぐちゃに可愛がられて、リュイは濡れきった声を上げて快楽に溺れた。

「あぁっ、あっ、んんっ、レオンさ……っ、気持ちい……っ、あん、いい……！」

「ああ、私も、いい……っ」
ハ、と息を切らせたレオンが、リュイの舌を搦め捕りながら、一層強く腰を打ちつけてくる。蕩けきった熱鞘に雄刀を突き込まれる度、ぐじゅっ、ぐちゅうっと淫《みだ》らな音を立てて泡立った蜜が溢れる。双丘をねっとりと滴り落ちてくるその掻痒感《そうようかん》に、リュイは思わずきゅうっと息を詰めてレオンを締めつけた。
「んんん……っ、あ、あ、あ……！」

「……っ」

うねるように絡みつく蜜路に、レオンがきつく目を眇めてリュイの最奥を貫く。蕩けきった深い場所を、ずんと重く突かれて、リュイはなにもかも全部、レオンに明け渡した。

「レオンさ……っ、ああっ、レオンさん……っ！」

「っ、リュイ……っ、く……！」

びゅるっと精を弾けさせたリュイの奥で、レオンが埒《らち》を明ける。びゅくっ、びゅっと深い場所を熱蜜に灼《や》かれて、リュイはレオンの腕の中でびくびくっと過ぎる快楽に身を震わせた。

「あっ、あっ、あんっ、んんっ」

「……リュリュ」

ぐ、ぐっと射精の度に強く腰を送り込み、喘ぐリュイに目を細めたレオンが、そっとくちづけてくる。

好きだよ、と唇の上で弾けた囁きに、僕もと返して、リュイはこの上ない幸福に目を閉じたのだった——。

深い森の奥、降り注ぐ木漏れ日が穏やかに流れる小川にキラキラと反射している。

涼やかな初夏の風が運んでくる、爽やかな青葉の香りに目を細めながら、リュイは大きな木のバケツで小川の水を汲んだ。

よいしょ、と引き上げようとしたところで、横からスッと手が伸びてくる。

「私が持つよ、リュイ」

「レオンさん……！　お帰りなさい！」

重いバケツを軽々と持ち上げた恋人に、リュイはパッと顔を輝かせて抱きついた。ただいま、と微笑んだレオンが、リュイの頬にキスを落とす。

レオンが城を離れ、リュイの家で暮らすようになって、三ヶ月が過ぎた。

とはいえ、レオンは王位の交代で忙しい姉を支えるため、数日おきに城とこの森とを行き来している。彼自身の職務の引き継ぎもあるため、まだ数ヶ月はこの生活が続くらしかった。

最初はレオンの移動の手間を思い、城に留《とど》まることも考えたリュイだったが、町の人々の様子を見て、やはり森に帰ることにした。というのも、カガリに連れられて市場を見て回った際、売られている薬や薬草の値段の高さに驚いたのだ。

今まではそこまで意識していなかったが、自分の育てている薬草は、この国の人々の役に立っている。市場を訪れた際もあちこちから感謝の言葉をかけられ、それを実感して家に帰ることを決めたリュイに、レオンも賛成してくれた。

この国には、薬や薬草を必要としている人々がたくさんいる。どうかその人々のために、良質な薬を届けてほしい、と。

レオンの言葉もあり、家に戻ったリュイは、以前よりも格段に賑《にぎ》やかな生活を送っている。実は、フラムは元より、祖父やネイシャを始めとした仲間たちが頻繁に来てくれるようになったことに加え、町の人間たちもリュイの家を訪れるようになったのだ。

人避けの魔法を解いたリュイは、薬草を必要としている人が自分の家に直接求めにこられるよう、森のあちこちに道標《みちしるべ》となる目印をつけた。

悪意のある者には見えないように魔法をかけてあるため、本当に困っている人しか来られないが、後日病や怪我が治ったお礼にと贈り物を持ってきてくれる人も多く、今では毎日のように誰かがリュイを訪ねてくる。

時にはゴブリンやウェアウルフたちと人間がはち合わせることもあったが、リュイが仲介役となって一緒にお茶をしたりして、少しずつ交流するようになりつつある。特にフラムは人間の生活に興味津々《しんしん》で、今では一人でふらりと町を訪れ、人間の友達と遊んだりもしているらしい。

(……ようやく、父さんと母さんがずっと望んでいた世の中になってきたんだ。魔物と人間が手を取り合う、世の中に)

その実現に、わずかだけれど自分も関われているのがとても嬉しい。

天国の母も、そしてきっとどこかで生きてくれているはずの父も、喜んでくれているといい――。

「リュイ？」

物思いに耽《ふけ》っていたリュイだったが、そこで、新しく建てたばかりの馬小屋にラムタラを繋いできたレオンが声をかけてくる。

「どうかした？　もしかして、具合でも……」

「あ……、いいえ、大丈夫です。ちょっとぼうっとしてただけで」

心配そうなレオンに微笑んで、リュイは彼に駆け寄った。

「帰ってきてくれて嬉しいです。今回は何日くらいいられるんですか？」

「ああ、一週間はこっちでのんびりできるよ。ごめんね、いつも寂しい思いをさせて」

リュイを抱き寄せたレオンが、髪にくちづけてくる。

くすぐったいですと笑いながら、リュイは彼と共に家の中に入って言った。

「大丈夫です。レオンさんは、……ううん、レオンさんも、必ず帰ってきてくれるって、信じてるから」

ここで待ち続けている父も、きっと。

そう思いながら言ったリュイに、レオンが頷く。

「ああ、そうだね。……必ず」

「はい。疲れたでしょう、レオンさん。すぐお茶に……」

数日ぶりに会えた嬉しさに胸を弾ませながら、キッチンに向かいかけたリュイだったが、その時、入ってきたばかりの玄関の扉がコンコンとノックされる。

「おーい、リュイ。いるか？」

外から聞こえてきたのは、フラムの声だった。

「フラム？　うん、開いてるよ」

「彼がノックするなんて珍しいな」

苦笑したレオンが、扉を開いて出迎える。

「フラム、どうし……、……っ」

声をかけようとしたリュイは、フラムの隣にいた人物を見て、大きく目を瞠った。

「……っ、父さん……！」

そこには、リュイがずっと待ち焦がれた父の姿があったのだ。

痩せこけて変わり果てた、しかし紛れもない、懐かしい父の姿が──。

「すまない……、すまない、リュイ。すまなかった……！」

泣き崩れた父に代わって、フラムが優しく告げる。

「ここに来る途中で会ったんだ。リュイの噂を聞きつけてきたらしい。……お袋さんのことがあってから何度も帰ろうとしたけど、どうしても現実に向き合えなくて、あちこち放浪してたみたいだ」

「父さん……」

フラムの言葉を聞いて、リュイは父の前に膝をついた。

震える父の手を取り、ずっと言いたかった言葉をようやく紡ぐ。

「……お帰り」

「……っ、リュイ……」

滂沱の涙を流しながら、父が細い声でただいま、と返す。

微笑むリュイの傍らに膝をついたレオンが、そっと肩を抱いてくれる。

愛おしい人たちの温もりに包まれて嬉しさに瞳を潤ませながら、リュイはもう一度、お帰りなさい、と囁いた。

その言葉を伝えられる幸せを、噛みしめながら。

あとがき

こんにちは、櫛野ゆいです。この度はお手に取って下さり、ありがとうございます。

王子とハーフゴブリンの恋物語、いかがでしたでしょうか。本作は剣と魔法の世界が舞台ですが、私はいわゆるＲＰＧゲームが昔からあまり得意ではありませんでした。戦う、争うということが苦手な上、敵として出現するモンスターは本当に悪者なのかなとか、モンスターにも家族がいるんじゃないだろうか、勇者が姫と結ばれた後の世界は本当に平和なんだろうかなどと考えてしまって、なかなか進められませんでした。

受けのリュイは、まさにそんな想像から生まれたキャラクターです。彼の境遇や状況は特殊かもしれませんが、自分の秘密を好きな相手に打ち明けることができずに苦しんでしまうというのは、ごく普遍的な恋の悩みかもしれませんね。孤独だったリュイが自分の居場所を見つけられて、本当によかったなと思います。

攻めのレオンも、王子らしいところもありつつも家族を大切にする人だからこそ、リュイの気持ちに寄り添えたのではないかなと思います。優しいからこそ苦しんだ二人なので、これからは幸せに暮らしてほしいです。

そういえば作中の、目が見えないと他の感覚が鋭くなるというくだりは、数年前に実際にブラインド体験をした時の経験から来ています。見えなくても音や気配で大体の物の位置が分かったり、ささいな匂いや音に敏感になったりと、とても新鮮な体験でした。

脇役はどのキャラも楽しく書きましたが、特にお気に入りはやはりレオンの姉のアンナです。優しく穏やかな旦那さんとの仲良し夫婦エピソード、もっと書きたかったです。リュイのそばにずっといてくれたフラムも、いい奴ですよね。彼はこの先きっと、人間の友達をたくさん作るんだろうなと思います。

最後になりますが、お礼を。挿し絵をご担当下さった石田惠美先生、この度も美麗なイラストをありがとうございました。美形なキャラの顔に傷や痣があるのが大変ツボなのですが、石田先生の美しいイラストでそれが叶ってとても嬉しいです。特に口絵で、リュイが自分のレオンへの気持ちを自覚して流した涙が、彼の金色の右目から零れているというところにハッとしました。物語に寄り添って下さる挿し絵をありがとうございました。

今回も細やかにお気遣い下さった担当様も、ありがとうございました。ハーフとはいえゴブリンの受けはどうかな、とちょっとドキドキしながらプロットを出したので、書かせていただけて嬉しかったです。

最後までお読み下さった方も、ありがとうございました。一時でも楽しんでいただけたら幸いです。ご感想が一番の励みになりますので、よろしければ是非お聞かせ下さい。

それではまた、お目にかかれますように。

櫛野ゆい　拝

✦初出　孤独なゴブリンは王子の愛から逃れたい……書き下ろし

櫛野ゆい先生、石田惠美先生へのお便り、本作品に関するご意見、ご感想などは
〒151-0051 東京都渋谷区千駄ヶ谷 4-9-7
幻冬舎コミックス　ルチル文庫「孤独なゴブリンは王子の愛から逃れたい」係まで。

幻冬舎ルチル文庫

孤独なゴブリンは王子の愛から逃れたい

2024年1月20日　第1刷発行

✦著者　櫛野ゆい　くしの ゆい

✦発行人　石原正康

✦発行元　株式会社 幻冬舎コミックス
〒151-0051 東京都渋谷区千駄ヶ谷 4-9-7
電話 03(5411)6431［編集］

✦発売元　株式会社 幻冬舎
〒151-0051 東京都渋谷区千駄ヶ谷 4-9-7
電話 03(5411)6222［営業］
振替 00120-8-767643

✦印刷・製本所　中央精版印刷株式会社

✦検印廃止

ISBN978-4-344-85367-6　C0193　Printed in Japan